© 2020 Collectif Chapithron – *France*

ISBN : 979-8687139397

— Première impression 2020 —

Prix Broché : 9,99 €
Prix Kindle : 2,99 €

Quel con, ce Lao-Tzu !

Les P'tits Chapithrons

QUEL CON, CE LAO-TZU !

Avertissement

Il s'agit de ne pas oublier, pris dans la lecture de cette intrigue, que les événements (réels et/ou fictifs) et les personnages (réels et/ou fictifs) ont été replacés dans le contexte d'un roman. Ils n'y existent qu'en tant que fiction.

Et comme il est d'usage de le préciser, toute ressemblance avec des personnes ayant existé, existantes, ou des situations ayant eu lieu ne serait donc que pure coïncidence…

Association

ABCD

PLURIEL

22 Rue de Lorraine
92300 LEVALLOIS-PERRET
☎ 01 47 56 92 28
Loi de1901

L'ASSOCIATION

L'Association PLURIEL a été créée en 1994 et faisait suite à une alphabétisation existante au centre social Marie-Jeanne BASSOT. À la fermeture définitive de ce centre, un groupe de 5 bénévoles a décidé de continuer cette action indispensable à Levallois-Perret et a déposé des statuts en Préfecture.

L'Association PLURIEL s'est fixé pour but d'aider les femmes immigrées à s'intégrer dans la société française par :

L'apprentissage de la lecture, de l'écriture et des bases du calcul pour les femmes ayant été peu ou pas scolarisées dans leur pays d'origine.

- L'apprentissage de la langue française pour celles qui ont été scolarisées.
- Pour toutes, les codes de notre société.

Nous avons également souhaité faire de notre petite Association un lieu d'accueil et d'écoute. Sans nous substituer aux services sociaux, nous essayons toujours de diriger les femmes vers la bonne personne :

- Dans les démarches administratives.
- Pour la scolarité de leurs enfants.
- Pour la santé de la famille.
- Pour leurs recherches d'emploi.

Des sorties régulières au musée et au théâtre, préparées en cours et discutées ensuite, participent à l'ouverture à la culture.

Afin de garder le caractère « social », nous étudions toutes les situations difficiles et l'adhésion annuelle qui n'excède pas 65 euros pour 8 heures de cours par semaine peut se résumer à quelques euros symboliques ou à la gratuité.

Nous apportons également un petit soutien moral

personnalisé aux femmes en grandes difficultés.

Au fil des années, l'équipe de bénévoles s'est étoffée jusqu'à dépasser la trentaine de formatrices et permettre la mise en place de 6 niveaux d'alphabétisation et 5 niveaux de Français Langue Étrangère.

Yvette BÉ
Présidente

LE COLLECTIF CHAPITRHON

Créé en 2020, le collectif CHAPITHRON est un collectif d'auteur•rice•s qui s'éclatent la plume et le clavier pour écrire un roman ensemble afin de le vendre au profit d'une association...

Chapitres

1 — Daniel

Déjà trois heures que je scrute la surface de la rivière, et toujours pas la moindre vaguelette provoquée par le cadavre de mon ennemi... Quel con, ce Lao Tseu !

Je soupire.

Être venu ici était déjà une connerie en soi, de base, cela dit. J'étais plutôt peinard, dans mon bled de bord de mer, en Islande avec mon gosse ; qui n'est pas vraiment mon gosse, mais c'est une autre histoire. Et il a fallu que je cède aux Cassandres de l'autre emmerdeuse : « Viens te ressourcer, Daniel, tu en as besoin, tu verras cette retraite spirituelle dans le Perche te fera le plus grand bien, la personne qui anime est géniale, il faut que tu penses à ta santé avant tout, bla-bla-bla ! ». Tout ça parce que j'ai fait un tout petit malaise cardiaque le mois dernier. Quinquagénaire, OK, mais j'suis pas encore dans la tombe, nom d'un bénitier fendu !

Mais elle n'a cessé de me harceler depuis son duplex en plein Périgord noir, l'emmerdeuse, que lorsque j'ai finalement capitulé, lâchant dans mon téléphone islandais un « Jure de me foutre la paix ensuite si je viens ! » assez bourru, je le reconnais. C'est mon caractère. Enfin, il semblerait… On me dit ronchon, voire vieil-ours-mal-embouché. Et alors ? Je m'en tamponne ! Bref, elle a « juré » (pour ce que ça vaut, la connaissant…), arguant qu'en plus nous ne nous étions pas vus depuis plus de deux ans. Et me voici installé là le cul dans l'herbe comme un con. À méditer silencieusement sur… en fait, non. Je ne médite pas. Je maugrée. Intérieurement. J'ai la tête farcie de toutes ces arlequinades plus ou moins taoïstes basées sur l'énergie et je ne sais plus quoi encore. Enfin, pour la faire courte : je m'emmerde. Je dirais bien « religieusement » mais ça fait un bail qu'il n'y a plus rien de religieux en moi : prêtre gay défroqué et surtout blasé.

Sur le talus qui surplombe la fameuse rivière, nous sommes censés nous… j'ai même oublié ce qu'on devait réellement faire ! Je change de position pour ramener mes genoux devant moi et passer mes bras autour. Je fixe quelques secondes le tissu de mon jeans, essayant d'oublier que j'ai envie de fumer. Je jette un coup d'œil furtif aux autres « retraités ». Tant pis si ça crée une dissension dans le flux-énergétique-de-mes-deux dont on nous rebat les oreilles depuis notre arrivée !

Suis-je le seul à m'emmerder comme une hostie oubliée dans la sacristie ?!

Sur ma gauche, j'accroche le regard de mon emmerdeuse, que je soupçonne d'être surtout venue chasser un ou deux plans-cul dans ce vivier regorgeant, entre autres choses, de femmes susceptibles de se laisser charmer par une soixantenaire au physique dynamique et charismatique d'une Catherine Lara en son jeune temps. Elle réprime un sourire, au coin de ses lèvres, avant de laisser ses yeux se perdre de nouveau dans… Dans la contemplation de l'eau s'écoulant lentement, tel le temps qui passe ?

| 1 - Daniel |

Mais qu'est-ce que je fous-là ?!

Au prix que cette fichue « retraite » me coûte, je décide que j'ai mal aux ischions et me lève. Pas d'un bond mais presque, faisant tressaillir mes voisins immédiats. M'en fous. La nana qui gère le truc me lance un regard courroucé. M'en fous aussi. En passant près d'elle, je lui marmonne dans ma courte barbe :

— J'vais pisser, prostate…

Mon mensonge passe comme une couque : elle acquiesce, prenant un air clément qui me déclenche un début de rire nerveux que je peine à réfréner. J'accélère le pas pour m'éloigner sans me faire griller. Une fois rendu de l'autre côté du talus, face à l'escadron de yourtes mongoles rudimentaires qui nous hébergent dans la clairière, je sors la clope électronique de la poche de ma chemise en jeans élimée et l'allume. Parfum Pop-Corn. Un peu « Has-been », ouais. La e-clope comme la chemise. Mais j'aime bien. Et le premier qui se gausse de mes bottes de moto, je…

Je… ?

Qu'est-ce qu'on s'fait chier, ici… j'en perds le fil de mes pensées. Je ne sais pas bien si c'était le but ou non, mais j'ai l'impression, en trois jours, d'être devenu complètement mou du bulbe rachidien avec leurs conneries. J'veux bien être sensible à la cause animale et tout le tintouin mais leurs repas végé pleins de légumineuses me sortent déjà par les yeux !

*

J'ai dû m'endormir, malgré la qualité toute militaire du lit simple qu'on m'a si gentiment attribué dans la yourte « Bienveillance » avec mon emmerdeuse, car ce sont des cris qui me réveillent. Lointains. Mais certains.

Hum ! Il me semblait que nous étions censés être le plus calmes, silencieux et pondérés possible.

Je ris dans mon demi-sommeil, encore un peu vaseux : calme, silencieux et pondéré… C'est tout à fait le portrait de mon emmerdeuse, ça !

— Pourquoi tu t'marres ?

Elle m'a fait sursauter. Toujours couché sur le côté, lui tournant le dos, je grommelle :

— Au cas où tu aurais oublié, j'suis cardiaque et c'est même pour ça que tu m'as traîné ici…

— J'ai même poussé jusqu'à ton lit pour vérifier en

arrivant que tu n'étais pas raide. Plains-toi !

— Mmmmh… Qu'est-ce que j'ai manqué de palpitant après la séance au talus ? me renseigné-je histoire de faire la conversation.

— Une heure de Qi Jong mais elle a dit qu'elle te ferait rattraper ça ce soir en privé…

— Quoi ?!

Je me suis tourné brusquement vers elle, manquant même de tomber du lit. Hors de question que je passe une heure, seul avec cette gourou lunaire et éthérée qui marche pieds nus et qui porte des tenues marron à grosses fleurs colorées brodées !

Mon emmerdeuse rit. D'un rire franc et sonore.

— Pas de panique, Daniel : on est simplement retournés chacun à sa yourte et ça fait une heure au moins que tu ronfles comme un sonneur.

Je passe ma main dans mes cheveux blonds hirsutes.

— Tu…

De nouveaux cris m'interrompent. Et des bruits de course.

Nous fronçons les sourcils en même temps, sans nous lâcher des yeux, tendant l'oreille.

— Viens ! m'intime-t-elle en se levant finalement.

(ANDREA B. CECIL)

Je la suis. Dehors, tout le monde se précipite vers la rivière et nous leur emboîtons le pas, comme des moutons. Pourvu qu'il ne s'agisse pas d'un exercice sournois de saut tout habillé dans l'eau glacée, je ne suis pas fan de ce genre de conneries, surtout à mon âge.

C'est une fois en haut du talus que nous réalisons : le corps de la « gourou » flotte, inanimé, la tête sous l'eau et les cheveux épars, tandis que des « retraités » ayant plongé essaient de la dégager pour la ramener près du bord.

2 — Bᴇᴀ

Le réveil est difficile ce matin. Les cauchemars redondants de Béa ont eu raison de sa patience. Elle s'est levée en pleine nuit, alors que la rue laissait les chats définir leur territoire. Un verre de vin, quelques notes laissées sur le coin de la table dans ce studio qui lui suffit. Ce foutu bouquin qu'elle a commencé l'a empêchée de fermer l'œil. Alors, écrire était encore la meilleure solution pour sortir toute la noirceur qu'elle a au fond des tripes depuis trente ans.

Trente années à chercher celui ou celle qui a mis un grand coup de pied dans sa vie en lui enlevant le seul homme qu'elle ait jamais aimé.

Béa vient d'avoir 50 ans et vit sa vie de Capitaine de Police comme on mange un morceau de pain pour se couper la faim.

Ce boulot lui permet de rester à l'écart des vies normales qui l'exaspèrent.

D'affaires sordides en enquêtes obscures, elle passe les jours de sa vie, à chercher le pourquoi du comment dans des histoires scabreuses qu'on lui confie.

Son passé a défini son existence et son rang.

Tout a commencé alors qu'elle n'était encore qu'une ado paumée qui avait déjà compris que la vie normale ne lui conviendrait pas.

Elle l'a rencontrée, comme ça dans la rue. Rien de mémorable à raconter au coin du feu à des petits enfants qui ne verront de toute façon jamais le jour.

Il était simple, sans artifice, sans attitude. Juste un mec apparemment normal.

Ils se sont aimés pendant deux années. Comment deux foutues années peuvent-elles définir tout le reste de votre vie ? Mais cette obsession va plus loin que cette histoire d'amour.

Perdu dans une dépression dont il n'était jamais vraiment sorti, il l'a laissée un matin, comme ça sans explication. Deux ans plus tard, un coup de fil. Son petit ami retrouvé mort dans une secte à deux cents kilomètres de chez elle.

La douleur qui renaît de ses cendres, des questions qui surgissent. Son métier, une coïncidence ? Peut-être pas. Une prémonition ? Certainement pas. Béa déteste les croyances, et ce qui va suivre allait sérieusement l'engager profondément dans cette voie qui deviendrait un combat.

Elle est flic. Son envie d'en savoir plus l'a poussée vers ce métier, qu'elle fait depuis presque trois décennies maintenant.

Capitaine de Police au commissariat du coin.

Vingt-cinq ans plus tôt, après une enquête éprouvante de plus de deux ans, et contre l'avis de ses collègues, elle est parvenue à mettre en lumière une affaire que personne n'avait vue venir.

L'obstination d'une jeune femme affectée par la perte d'un petit ami, ou simplement l'intuition que l'histoire n'est pas si simple !

Après une investigation plus poussée, les faits étaient là.

Un individu sévissait depuis quelques années dans des sectes. Son modus operandi, infiltrer le groupement, adhérer aux rites et sévir.

Grâce à l'enquête de Béa, on a dénombré une bonne

dizaine de victimes, toujours dans les mêmes conditions. La même manière d'opérer toujours dans les mêmes milieux.

Mais le silence des sectes et de ses adeptes a compliqué la tâche de Béa.

Au fil des années, elle est devenue, malgré elle, la spécialiste des affaires à caractère religieux.

Pourtant, un seul et même objectif a sans cesse occupé son esprit. Retrouver l'assassin de celui qu'elle a aimé et qui a effacé tout autre prétendant.

Béa vit seule, déterminée à aboutir dans son enquête qui n'en est plus une. Les enquêtes qu'elle mène ne lui permettent pas de se consacrer à la recherche de ce psychopathe, qui pour beaucoup, a cessé d'œuvrer depuis longtemps, mais pas pour Béa.

Elle ne veut pas lâcher cette affaire qu'elle a faite personnelle. Alors chaque nouvelle enquête lui donne toujours ce premier frisson. Y a-t-il un lien avec celui ou celle qu'elle cherchait depuis près de trente ans ?

Mais rien n'est simple, et les décès au sein des groupes obscurs de croyance sont monnaie courante.

Depuis trois ans, Béa est au point mort. L'individu semble avoir cessé son petit jeu morbide. Les affaires qu'elle résout ne lui donnent plus le change. Elle se sent vide, privée de but, privée d'envie.

Après avoir avalé deux mugs de café, et s'être enfilé une pomme et une omelette légèrement brûlée, elle s'agrippe comme tous les matins à la barre fixe, juste au-dessus de son canapé et commence sa série de tractions.

Béa attache une importance certaine à conserver la musculature qui a fait regretter à beaucoup d'hommes fiers de leur genre, leurs propos misogynes.

Plutôt grande, le regard sombre, elle inspire la crainte et la méfiance chez beaucoup de prétentieux, sûrs de leur fait. Mais peu d'entre eux osent la défier sur ce terrain, ni sur quelque autre (terrain). Car rien ni personne ne peut prétendre avoir le dessus sur la Capitaine Caltrin.

Après avoir pris une douche sur le pouce, elle enfile ce qui lui tombe sous la main.

Béatrice n'est pas coquette, elle aime le confort. Le regard des autres lui importe peu. Mais pour passer une journée au milieu des mensonges, des cadavres et des tordus, mieux vaut se sentir à l'aise dans ses fringues, c'est le minimum qu'elle peut s'accorder dans cette vie.

Après avoir parcouru la centaine de mètres qui la séparent du commissariat, sous une pluie battante, elle franchit finalement l'enceinte du bâtiment dans un râle qui fait trembler les quelques agents réunis juste à côté de l'entrée.

— Foutu temps de merde !

Tous les regards se tournent vers elle. Quelque chose sent mauvais. Une vague impression qu'un sale truc s'est passé, et qu'elle ne tardera pas à le savoir.

Le Commissaire Valc en personne sort de son bureau alerté par l'appel discret de l'agent d'accueil.

— Caltrin ! Vous êtes là ?! Dans mon bureau, s'il vous plaît.

Béa ne répond rien. Elle lance un regard de défiance aux jeunes agents qui dévisagent la Capitaine imposante et menaçante. Puis elle entre dans le bureau du Commissaire.

Valc ferme la porte violemment. Le bureau empeste le tabac brun.

Béa suit du regard le Commissaire qui ne semble pas au mieux de sa forme.

Il allume une nouvelle cigarette et reste silencieux un moment.

Après avoir parcouru son propre bureau tel un fauve en cage, il invite la Capitaine à s'asseoir.

— Béa, j'ai reçu un coup de fil ce matin. Un appel de Paris. Une affaire dans le Perche…

— Dans le Perche ? Et en quoi ça nous concerne ? C'est à l'autre bout du pays ? lance Béa, d'un air mauvais.

— Béa. Cette affaire pourrait vous intéresser. Je ne sais pas ce qu'il y a dans votre foutu crâne et je ne veux pas le savoir, mais Paris a insisté pour que ce soit vous qui vous en occupiez !

— Moi ? Et qu'est-ce que les pontes de la flicaille peuvent bien avoir à foutre de ce qui peut ou non me concerner ?

— Béa, il s'agit d'une affaire un peu spéciale.

Valc semble maintenant gêné ce qui n'est pas dans ses habitudes.

— Putain, Valc, lâchez le morceau une fois pour toutes ! Encore une affaire avec des foutus croyants ! C'est ça ? Et c'est encore moi qui m'y colle ! À croire qu'il n'y a que moi dans tout ce pays qui soit capable de comprendre ces dégénérés !

— Béa, cette fois-ci, c'est différent. On a retrouvé le corps d'une femme sans vie. A priori, elle ferait partie d'un regroupement spirituel qui s'apparenterait à une secte selon les premières investigations.

— Les premières investigations ? Donc une enquête a déjà commencé ! Alors pourquoi ont-ils besoin de moi ?

— Béa… La femme en question semblerait être leur « gourou ».

— Une secte qui liquide son prédicateur, c'est original ! Mais en quoi cela me concerne ?

Valc prend alors une profonde inspiration et avoue d'une voix grave :

— Elle a été noyée.

Béa se dresse en un instant. Les mots du Commissaire viennent de la frapper en plein cœur. L'odeur du tabac disparaît, le temps se fige, plus aucun bruit ne parvient à elle.

Trois années de vide viennent en un instant de laisser place à une nouvelle histoire. Peut-être la dernière ?

Un noyé dans une secte ! Le modus operandi de celui qu'elle a traqué en vain toutes ces années !

Elle est prête et Valc la laisse quitter son bureau sans lui poser de questions.

Béa n'est déjà plus là.

L'affaire de sa vie commence.

3 — OCTAVE

— Vous saviez que j'ai les pieds palmés ?

Daniel ose un œil tout autour, dans le couloir du commissariat, pour s'assurer qu'il est bien seul sur le banc avec son interlocutrice. De toute évidence, c'est le cas.

— C'est à moi que vous parlez ?

La femme hausse les épaules et le considère comme un débile profond. Lui laissant malgré tout le bénéfice du doute, elle poursuit :

— Bah oui, à qui d'autre ? La noyade de l'autre là, c'est pas à moi que ça serait arrivé : je nage comme un lapin !

— Un lapin... ?

— Parole ! Je faisais même partie du relais de l'équipe de natation du lycée. J'allais si vite que ma mère m'obligeait à porter un casque pour que je ne me fracasse pas la tête contre le mur d'arrivée.

Daniel se demande si la mère en question n'a pas imposé le port du casque un peu trop tard pour la santé mentale de sa fille.

— Et pour rentrer les oreilles dans le casque, ça ne posait pas de problèmes ?

Le lapin femelle aux pieds palmés plisse des yeux en cherchant une trace de malice sur le visage de son compagnon de banquette... Rien... Elle n'y découvre aucune ironie non plus, finit par une tentative de sourire qui vire à la grimace.

Contrairement à ce que Daniel s'est imaginé, en tant que tout nouveau grand spécialiste de la cuniculiculture et autres bestioles à grandes oreilles, une existence de lagomorphe ne doit pas être de tout repos.

— Monsieur Hervieux ? l'interpelle un petit bonhomme apparu au bout du couloir. Je suis le Capitaine Octave Billy. Vous pouvez me suivre, s'il vous plaît ?

Daniel se lève, esquisse une révérence face à sa partenaire de strapontin et lui prend délicatement la main, sur le dos de laquelle il dépose un baiser, puis :

— Je vous la rends, lui souffle-t-il en joignant le geste à la parole, reposant le membre inerte sur les genoux de sa propriétaire. Prenez-en bien soin, la rumeur assure qu'elle porte bonheur.

Le Capitaine Octave Billy précède le témoin jusqu'à son bureau et lui indique un siège.

— Monsieur Hervieux, c'est bien vous qui êtes en France depuis peu ? demande-t-il en s'asseyant à son tour face à un ordinateur vétuste.

— C'est bien moi. J'ai eu un petit pépin de santé et une amie m'a proposé ce séjour pour me remettre d'aplomb. Mais je commence à me demander si c'est une si bonne idée…

Le flic lève le nez de son écran.

— La santé, rien de grave ?

— Le cœur…

— Déception amoureuse ?

— Un problème d'horlogerie.

— Ahhh…

Billy retourne à son clavier.

— Vous êtes domicilié en Islande, c'est bien ça ?

— C'est bien ça.

— Depuis plus de trois ans ?

— Non, deux seulement…

Le flic affiche une moue indéfinissable qui n'échappe pas à Daniel.

— Cela pose un problème ? plaisante ce dernier. Un arriéré d'impôt aurait échappé à ma vigilance ?

— Non, tout va bien de ce côté-là. Enfin j'imagine… Si cela peut vous rassurer, je n'ai toujours pas reçu de mandat d'arrêt international à votre nom. Non, c'est juste que ce laps de temps fait de vous un suspect dans cette possible affaire de meurtre.

— De meurtre ?

— C'est bien ce que j'ai dit. La noyade pourrait ne pas être accidentelle. L'autopsie nous en dira sûrement davantage, mais on soupçonne l'intervention d'un tueur en série opérant dans les sectes.

— Un terrain de chasse comme un autre… juge Daniel, fort de son expérience de ces derniers jours.

Billy ne relève pas, poursuit le cheminement de ses pensées.

— À notre connaissance, le psychopathe en question n'a plus frappé depuis environ trois ans. Donc, votre présence en Islande, dans le même laps de temps, aurait pu vous innocenter.

— C'est bien ma veine… Mais pour avoir dû supporter

la proximité des membres de cette… de ce… truc, je comprends qu'on en vienne à vouloir éradiquer l'espèce. Je vous mets au défi de rester enfermé avec tous ces légumes sous assistance, sans terminer votre séjour dans un bain de sang, une tronçonneuse à la main. Et c'est un ancien prêtre qui vous parle.

— Je vous crois, monsieur Hervieux, mais je vais faire comme si je n'avais rien entendu… Vous avez assisté à des événements étranges ? Des disputes ? Des tensions ?

— Si on peut considérer normal de passer une partie de sa journée avec un pied derrière l'oreille et l'autre sous le bras en poussant des « Om », je ne vois pas. Franchement, ma plus grande crainte était de voir la gourou se glisser dans mon plumard au milieu de la nuit.

— Elle n'était pas votre genre ?

— Les femmes en général ne sont pas mon genre. Mais pas au point de les maintenir vingt minutes sous la surface de la rivière, pour les remplir d'eau comme une gourde de camping.

— Bien, vous me rassurez… Vous me rassurez parce que c'est une femme qui devrait poursuivre cette enquête. Moi je suis juste là pour dégrossir le travail. La Capitaine Béatrice Caltrin arrive directement chez nous pour coincer le psychopathe : elle devrait vous contacter très rapidement. Je vous demanderai donc de ne pas quitter la région sans avoir au préalable obtenu notre autorisation. Vous avez une adresse où nous pouvons vous joindre ?

Daniel réfléchit brièvement. Si la police vient à fermer les locaux de la secte, il devra rapidement trouver une solution.

— Je peux continuer à loger au même endroit ?

— Je ne sais pas ce que décidera la Capitaine Caltrin, mais c'est une hypothèse.

— Hmm… Sinon je pense que j'irai chez l'amie qui m'a invité. Elle possède une petite propriété dans le coin. Enfin, dans un premier temps, car elle est un peu envahissante. Ensuite, si je devais rester davantage, j'étudierais probablement un repli stratégique vers un hôtel du coin.

— Parfait. Quoi que vous fassiez, monsieur Hervieux, tenez-nous au courant. Voici ma carte avec mon numéro.

Daniel range le bristol dans son portefeuille, au milieu de ses cartes de crédit.

— Capitaine, c'est vous qui allez interroger la dame qui était avec moi sur le banc dans le couloir ?

— Oui, bien sûr.

— Alors faites-moi plaisir, Capitaine, demandez-lui si elle sait nager. Pas sûr que cela fasse beaucoup avancer l'enquête, mais ça serait dommage d'ignorer cette piste…

(Geraud POMEL)

4 — Anne

Soulagé de laisser ce flic et ses odeurs douteuses, Daniel se dirige vers la sortie. Dans le couloir, la nana du strapontin est toujours là. Quand il arrive à sa hauteur, il lui adresse juste un signe de la main.

— Anne, murmure-t-elle.

— Pardon ? interroge-t-il assez brutalement.

— Euh… Moi, c'est Anne ! balbutie-t-elle, décontenancée. Et comme tout à l'heure, vous m'avez baisé la main *(elle est tentée d'ajouter vous auriez pu aller plus loin)*, j'ai pensé que ce serait mieux que vous sachiez comment je m'appelle…

Nom d'un chien, pense-t-il furibond, ce con de Lao Tseu qui revient en force !

— Et moi c'est Daniel, mais oubliez ce moment d'égarement, souffle-t-il en levant les yeux au ciel, j'ai le don de faire le con. On se retrouve au Centre.

Le Capitaine arrivant sur ces entrefaites, il s'empresse de quitter les lieux.

— Madame Moureux, je présume ? demande l'officier de police.

Très rapidement, il la détaille : un mètre cinquante-cinq dans du quarante-six… Pas vraiment une gazelle. Plutôt une espèce de taupe très voyante.

Anne s'éjecte de son siège, agite sa longue chevelure rousse, rejoint le policier et lui serre la main ; molle.

« Si le reste est aussi mou, ça ne doit pas être le feu d'artifice sous la couette ! » pense-t-elle de son côté.

Dans le couloir, les sonneries des téléphones et les conversations du genre engueulades arrivent en un concerto incessant. Instinctivement, elle tente de se faire toute petite.

Dès qu'elle entre dans le bureau du flic, elle sent comme une odeur bizarre : un mélange écœurant de transpiration et de café. Les étagères sont pleines à craquer de dossiers, et des coupures de presse sont punaisées aux murs. Anne se sent comme dans une de ces mauvaises séries TV diffusées avant le journal du soir, et dont elle ne loupe jamais un épisode.

— Asseyez-vous, l'invite le Capitaine en lui désignant un siège en face de lui.

Anne enlève son manteau bleu roi, le pose avec soin sur le fauteuil d'à côté avec son sac à main rose, et s'installe en effectuant un croisement de jambes. Mouvement qui n'émeut absolument pas le Capitaine, tout comme l'échancrure de son chemisier largement ouvert sur un début de poitrine généreuse.

— Nom, prénom, âge, adresse, s'il vous plaît ? demande-t-il sèchement.

— Moureux Anne, dit-elle en minaudant. C'est drôle, non ?

Et comme le Capitaine mou de la main ne réagit pas, elle poursuit :

— … donc, je suis née le 14 juin 1985 et j'habite 3, rue des rosiers à Clermont-Ferrand dans le Puy-de-Dôme.

— Madame Moureux… commence le Capitaine Octave tout en tapant sur le clavier de son ordinateur. Vous savez, pourquoi vous êtes ici…

Anne tire une espèce de grimace du genre « pas la moindre idée », accompagnée d'un léger haussement d'épaules.

« Bon », pense-t-il en se raclant la gorge, « ça

commence bien. »

— Dites-moi ce que vous savez de la victime ? Vous aviez de bonnes relations avec elle ?

— Des relations, moi ? lui répond-elle, fébrile. Je ne suis arrivée là-bas qu'il y a quelques jours, alors je ne la connaissais pas vraiment cette nana.

— Je veux bien, mais vous aviez bien une impression ? On a toujours une première impression quand on voit quelqu'un, surtout la première fois ! demande-t-il alors tout en la survolant du regard.

Anne rougit. Le regard d'un homme qui vous fout à poil… ça se sent. Décidément, ce Daniel tout à l'heure et son baise-main, lui maintenant…

— Vous êtes sophrologue, c'est bien ça ? poursuit-il le nez rivé à l'écran de son ordinateur.

Elle confirme tout en se trémoussant.

— Et pourquoi être venue dans cette secte… hem, excusez-moi, je voulais dire ce Centre ?

Anne hausse une fois de plus les épaules. Qu'en sait-elle vraiment ? Une envie comme ça. Une annonce vue sur Internet. Ils proposaient un stage de réflexologie et plusieurs ateliers, alors pourquoi pas. À son grand étonnement, elle a certes découvert combien marcher pieds nus toute la journée peut être douloureux, que manger des herbes et des fleurs au goût étrange (soi-disant excellent pour l'esprit ; lequel ? elle ne sait toujours pas) avait le don de favoriser la digestion vu qu'il n'y avait rien à manger, mais du côté du stage de réflexologie, alors là, pas l'ombre d'un début.

— 800 € la plaisanterie, poursuit-elle, bien remontée à présent. Ça coûte un max de manger des pissenlits et faire des colliers de fleurs !

Ce que comprend le Capitaine, c'est que, d'une part, la victime profitait visiblement de la crédulité des gens pour les arnaquer. Et que, d'autre part, il peut ranger cette dame Moureux dans la liste des suspects ; il suffirait qu'elle sache nager...

— Il paraît que vous êtes une bonne nageuse ? continue-t-il tout en notant qu'en mettant A devant Moureux, ça fait... D'elle ? Faudrait vraiment avoir faim.

— C'est amusant, lui répond-elle avec un sourire. Je racontais justement tout à l'heure que je nage comme un lapin.

— Comme un lapin ! s'exclame-t-il en gloussant. C'est original, ça ! Mais pourquoi un lapin ? En général, un lapin ça court, ou on le pose ! Non, restons sérieux, madame

Moureux, contentez-vous de répondre à cette simple question : êtes-vous la nageuse hors pair dont on m'a parlé ?

— Mais, je vous assure Monsieur le Commissaire…

— Mon Capitaine, ça suffira. Poursuivez.

— Eh bien, oui, car je tiens du lapin qui a des pieds palmés, poursuit-elle avec conviction, je n'y peux rien, moi !

Et, tout en lui racontant ses prouesses au lycée, l'insistance de sa mère pour qu'elle porte un casque pendant les épreuves, et patati et patata, elle se met à se déchausser. Tout bonnement. Effaré à l'idée de voir des pattes de lapin palmées, il met ses mains en avant :

— Pas la peine madame Moureux, je vous crois sur parole !

Mais trop tard, Anne sort un pied de la chaussure. Devant le burlesque de la situation, il préfère détourner le regard. Il toussote, est sur le point de rire, quand il voit le pied de la fille sur son bureau. Les yeux aussi ronds que des boules de billard, il lui ordonne de retirer ça et de se rechausser manu militari. Des pieds pareils, c'est à donner des cauchemars !

— Dites-moi plutôt combien vous chaussez ! lui

demande-t-il tout en se levant et en lui tournant le dos.

Tandis qu'elle remet son pied palmé, et les griffes qui vont avec, dans son escarpin, Anne est gênée. En plus d'être prodigieusement laids, ses pieds sont grands. Ce qui lui a valu de drôles de noms d'oiseaux à l'école, puis au lycée.

Quand elle lui répond en bafouillant qu'elle chausse du quarante-quatre, il se gratte la tête, et son regard s'assombrit : l'empreinte trouvée sur la scène du crime est du quarante-deux, cette fausse lapine n'est donc pas la meurtrière. À moins que…

— Bon, et la veille du meurtre, vous rappelez-vous de quelque chose de particulier qui se serait produit ? Un détail, quelque chose d'inhabituel ? lui demande-t-il en se rasseyant.

Anne réfléchit un instant avant de déclarer qu'effectivement, la veille il y a bien eu cette espèce de fête bizarre. Le Capitaine l'écoute avec beaucoup d'intérêt.

— Au début, ça allait. Le groupe a passé l'après-midi à méditer et à observer les nuages qui couraient dans le ciel en trouvant une forme à chacun.

— On appelle ça la paréidolie.

— Je sais, mais faut pas m'interrompre monsieur l'Inspecteur !

— Mon Capitaine…

— Oui, bref. C'est après que ça s'est gâté. Le soir, ils ont fait un grand feu de bois, et puis ils ont tous mangé autour. Jusque-là, ça va encore. Mais c'est quand ils ont commencé la pratique de rituels chamaniques au son des tambours, quand chacun a dû boire une tisane aux herbes préparée par la gourou, c'est à partir de ce moment-là que ça a dégénéré. Et curieusement, tous ceux qui ont ingurgité cette mixture sont devenus comme possédés ! ajoute-t-elle.

L'œil pervers, Anne s'arrête de parler en essuyant ses mains moites sur sa jupe.

— Comment ça possédés ? Poursuivez donc ! s'impatiente le Capitaine.

— Eh bien, ils se sont tous mis à poil et ils ont dansé comme des sauvages. Voilà mon Capitaine. À mon avis, ça n'a pu finir qu'en orgie, tout ça !

— Et vous n'en faisiez pas partie, madame Moureux ?

Anne secoue la tête, et explique qu'elle n'a pas bu la tisane ; qu'elle n'aime pas ça.

— Et puis, murmure-telle, quand j'ai vu toutes ces

paires de seins et les flûtes de ces messieurs à l'air, je suis partie en douce dans ma yourte !

— Et ensuite ?

— Bah, je me suis endormie, c'est tout.

Le Capitaine soupire. Maigre piste ; la victime droguait certainement ses pensionnaires. Dans le but d'une partouze ? Celle-là aurait mal tourné ? Pourquoi pas...

— Je peux y aller ? demande-t-elle d'une petite voix.

— Oui bien sûr, madame Moureux, mais vous ne quittez pas la région.

Tandis qu'elle enfile son manteau et récupère son sac à main, Anne réfléchit. Elle est sur le point de quitter le bureau quand elle se ravise.

— Si vous voulez mon avis, dit-elle en pivotant brusquement, si elle les droguait, c'était dans un but bien précis. Pas seulement pour…, enfin vous voyez ce que je veux dire, mais surtout…

— Parlez, madame Moureux, vous êtes là pour ça ! s'impatiente le Capitaine, l'œil scotché à la pendule.

Anne se penche alors au-dessus du bureau.

— Eh bien, la noyée, chuchote-t-elle, parlait souvent de sacrifices pour le bien du monde, de ses dieux qu'elle devait honorer. C'est vrai qu'elle m'a un peu fichu la trouille. Et puis, ce qui m'a paru curieux, c'est cet homme en noir qui venait au Centre, tard le soir.

— Un homme en noir ? interroge-t-il surpris.

— Oui, mon Capitaine. Tout ce que je peux vous dire, c'est qu'il portait une soutane noire avec une capuche toujours relevée, comme s'il voulait passer incognito. Ou alors, c'était un curé, mais ça m'étonnerait. En tout cas, il devait être vieux parce qu'il boitait.

Tandis qu'elle franchit le seuil de son bureau, le Capitaine Octave la regarde s'éloigner. « Drôle de femme pour une sophrologue ! », pense-t-il. Il a à peine le temps de retourner à son bureau qu'on frappe. Il crie d'entrer, la porte s'ouvre avec fracas.

La Capitaine Béa Caltrin est là devant lui, bien décidée à reprendre l'affaire en mains. Pile à l'heure.

5 — Max

Quelques heures plus tôt.

La pièce est plongée dans la pénombre, seules les deux bougies placées de part et d'autre de la statuette illuminent faiblement l'endroit. Les flammes vacillent lorsque la porte s'ouvre. L'ombre avance de deux pas puis ferme derrière elle. La personne soulève sa soutane et retire ses chaussures qu'elle pose sur le paillasson. Elle continue sa progression jusqu'à l'autel et souffle l'une des deux bougies. Elle pose un genou par terre et sa voix brise le silence.

— J'ai bien reçu votre message Maître. Cela faisait longtemps que vous n'étiez pas venu me parler pendant mon sommeil. C'est reparti si je comprends bien. Ça m'avait manqué !

Max fait glisser sa capuche vers l'arrière. Sa main gauche glisse sur son crâne dans un bruit de friction qui résonne et le monologue reprend :

— Après plusieurs années de jeûne, me voilà à nouveau en contact avec la mort. Il était temps pour moi de reprendre mes activités. Vous savez Maître, ça a été plus simple que prévu. Je n'ai senti aucune résistance lorsque j'ai maintenu sa tête sous l'eau. Un jeu d'enfant, et voilà le monde débarrassé d'une pourriture de plus.

Un souffle vient éteindre la dernière source lumineuse et un rire malsain inonde la noirceur de l'endroit.

Quelques secondes plus tard, Max quitte la pièce et ferme à double tour.

Comme à son habitude, Max compte chacune des marches qui relient sa pièce secrète à la maison. Il y en a treize, c'est un signe. Personne d'autre ne peut descendre. Les enfants n'ont pas le droit de s'approcher, ils sont trop petits, l'escalier est trop dangereux, les marches sont trop étroites. De toute façon, il n'existe qu'une seule clef et Max la garde constamment autour de son cou.

Max clenche la porte du haut, elle donne directement sur le salon. La maison est calme, silencieuse, les enfants ne sont pas là.

Depuis la séparation, les jumeaux ne viennent plus qu'une semaine sur deux. Cela a été difficile au début, mais Max a fini par s'y habituer. Lorsque le juge a ordonné le droit de garde, son petit monde s'est complètement écroulé. Mais à présent, Max sait que c'était le souhait du Maître.

À la naissance des petits, il y a trois ans, Max n'avait plus eu le temps, et l'éradication avait cessé. Mais l'arrivée de ce nouveau stage dans la région a réveillé le Maître et le divorce est arrivé à point nommé.

Dehors, la pluie a gagné la région. À l'intérieur, Max glisse sous une douche bien chaude afin de purifier son corps dépourvu de toute pilosité. Ce style, Max ne l'a pas aimé au début, mais le Maître l'avait imposé dès le premier meurtre. « Il ne faut laisser aucune trace derrière toi », lui avait dit la voix il y a près de trente ans.

Malgré son style atypique, Max avait fini par trouver l'âme sœur et très rapidement les deux petits étaient nés. La voix dans les rêves s'était alors envolée et les cheveux avaient repoussé.

Et puis un jour, Max a pris cette femme dans sa voiture. Le trajet a été long et elle a beaucoup parlé. Elle a même essayé d'enrôler Max dans son stage lorsqu'elle a appris sa récente solitude. « Cela ne doit pas être facile sans vos enfants. Ce que je vous propose est un endroit où l'on apprend à se retrouver », a-t-elle expliqué avant de quitter le véhicule avec un grand sourire. La nuit suivante, le Maître est revenu et, aujourd'hui, cette femme qui a essayé de manipuler Max n'est plus.

Le téléphone sonne et les songes s'envolent. Un nouveau message apparaît sur l'écran, c'est un client. Max prend ses clefs, attrape son imperméable et claque la porte.

La voiture est stationnée en face de l'entrée, la gare est à cinq minutes à peine. Durant le trajet, Max repense à ses parents. Jamais ils n'auraient dû être si faibles, jamais ils n'auraient dû se laisser berner par toutes ces belles paroles. Max était jeune à l'époque et avait assisté à cette mascarade sans avoir la possibilité d'agir. Ses parents avaient tout vendu pour se rendre dans cette secte qui leur promettait le bonheur absolu. Max n'avait pas voulu suivre et l'avait toujours regretté. Peut-être qu'en étant là, auprès d'eux, dans ce lieu de perdition… ses parents ne se seraient pas suicidés ?

Mais la vie donne parfois une seconde chance aux gens,

et la voix avait fait son apparition dans la tête de Max. Elle l'avait aidé à trouver la force de punir ceux qui profitaient des plus faibles pour les entraîner vers le néant. Le Maître avait choisi Max, et Max était justice !

La porte arrière s'ouvre brusquement, Max sursaute, sa cliente vient d'entrer dans le véhicule.

— Bonjour, où est-ce que je vous emmène ? demande Max.

— Je vais au commissariat, s'empresse de répondre la femme.

— Vous avez un souci ?

— Non, j'y vais pour le travail. Je suis Capitaine.

— Je transporte rarement des policiers dans mon taxi, réplique Max. Vous n'êtes pas de la région si vous avez fait appel à nos services.

— En effet, je viens de l'autre bout du pays. Une enquête m'a été assignée ici.

— Ah oui, le meurtre de cette « gourou » !

— Vous êtes au courant ?

— On en parle déjà dans tous les journaux.

La conversation s'arrête là, la Capitaine se plonge dans ses notes ; Max réfléchit. Voilà qui va apporter un peu de piment à son activité. Le Maître demandera-t-il à présent de s'occuper des personnes qui risquent d'entraver la mission ? Max ne le sait pas, mais risque de le découvrir très rapidement.

— Voilà, on est arrivé, informe Max.

— Merci.

La Capitaine sort du véhicule, Max l'aide à récupérer sa valise et, lorsque sa cliente lui tend un billet, s'exclame :

— Laissez, c'est cadeau. Si je peux aider la police, c'est avec plaisir.

— Merci beaucoup. Au fait, je suis la Capitaine Caltrin, répond la cliente en tendant sa carte. On ne sait jamais, si vous entendez quoi que ce soit, n'hésitez pas à me contacter.

Au moment de retourner dans son véhicule, Max interpelle une dernière fois la policière :

— Dite, si cela vous tente, j'aimerais vous aider en vous faisant découvrir les endroits branchés du coin. Je pourrais vous présenter quelques personnes qui connaissent beaucoup de monde. Elles pourraient peut-être vous donner des informations utiles pour votre enquête ! Qu'en pensez-vous ?

— Merci beaucoup, ce serait avec plaisir, se réjouit Caltrin.

— J'en oublie les bonnes manières ! Moi c'est Maxime, mais tout le monde m'appelle Max. Et pour la visite guidée, c'est tout à fait normal. Entre femmes, il faut savoir se serrer les coudes !

6 — LÉANDRE

La douceur de cette fin de journée apaise la sensation de lourdeur laissée par la chaleur excessive de l'après-midi. Tout renaît. Faune et flore. Un véritable festival des sens. Pourtant, le centre spirituel semble déserté. Sur la terrasse ombragée, un homme. Seul. Il est absorbé par sa tâche.

Son crayon danse sur le papier. Trait après trait, le dessin prend forme. Les grisés affinent les creux du visage. Les cisèlent. Léandre, installé dans un fauteuil, affiche une mine satisfaite. Les tracas de son interrogatoire avec la Capitaine Caltrin sont derrière lui. Il a détesté ce moment. Certes, il n'est pas contre donner un coup de main pour débusquer le meurtrier, mais les sous-entendus, les pièges à peine dissimulés à son encontre, ont suscité un sentiment diffus. Une sorte de malaise. De toute façon, Léandre préfère se tenir loin de ceux qu'il nomme les cerbères. Artistes et condés ne font pas bon ménage. Jamais. Plongé dans ses réflexions et son ouvrage, le jeune homme ne perçoit pas l'arrivée d'Anne.

— OK, je suis allé un peu fort tout à l'heure.

Léandre lève la tête. Son regard en dit long sur ce qu'il pense de la femme. Saisissant qu'il ne lui répondra pas, elle poursuit :

— C'est un rêve de gosse, tu comprends ? J'ai posé pour plusieurs photographes, mais jamais pour un peintre. Sentir tes yeux caresser mes courbes, je sais d'avance que j'adorerais.

— Proposez vos services aux Beaux-Arts, ils recherchent souvent des modèles, marmonne le jeune homme.

— Oui, mais j'aurais préféré...

— J'avais compris ! l'arrête Léandre. Je ne suis pas intéressé.

Son énervement s'accroît. Il tente de retenir le sarcasme qui ne demande qu'à sortir. En vain.

— Un autre jour, alors ? Je suis certaine que…

— Bon ! Anne, vous êtes adorable, mais la saison de la

chasse n'est pas encore ouverte. Alors, je vous invite à vous tremper votre, probablement, délicieux postérieur dans une bassine d'eau froide, ça devrait calmer vos ardeurs !

Anne encaisse l'affront et tourne les talons sans demander son reste. Léandre la regarde s'éloigner et rumine un « Je n'aime vraiment pas ça, mais elle l'a cherché ». Il expire en profondeur avant de revenir à ses crayons, « c'est bon, je peux bosser maintenant ? ».

— Nom d'un Jésus en béton armé, t'es pas bien commode, jeune chérubin !

Léandre sursaute. Une odeur caramélisée devance Daniel qui apparaît sur la terrasse. Il fait signe qu'il était caché par le renfoncement du mur. L'homme s'installe dans un fauteuil, il fume sa cigarette électronique. Léandre lui lance un regard noir.

— Ouais, c'est bon, hein, j'ai ma dose !

— Oh, calme-toi, bambin. Tout va bien.

— Sérieux ! C'est censé être un endroit pépouze ici ! Un truc où tout le monde s'aime. Finalement, je suis agressé de toutes parts !

— Ton karma, petit, ton karma… se gausse Daniel.

— Qu'est-ce que je vous ai fait, à vous ?

— Toi rien, bien que les perdreaux de l'année qui affichent des tee-shirts de Che Guevara et qui portent des pompes à deux cents sacs m'ont toujours mis les nerfs en pelote !

— Et les vieux cons qui tutoient les jeunes et qui les déconsidèrent du simple fait de leur âge ne valent pas beaucoup mieux.

Daniel sourit.

— One point, petit.

Le silence s'installe. Pas longtemps.

— Bon, qu'est-ce qu'elle t'a fait, la rousse échevelée ?

Léandre explique qu'Anne lui avait demandé de poser pour lui. Sans vêtement. Léandre a refusé poliment, mais elle a insisté.

— Elle est franchement pénible. Enfin, pénible est un doux euphémisme. J'ai encore le droit de coucher avec qui je veux. Je ne suis pas affamé à ce point. Ce n'est pas parce qu'on n'est entourés que de vieux que...

— Merci pour les vieux.

— Désolé, mais vous pourriez être mon père.

— Je l'ai été.

Devant le regard interrogateur de Léandre, Daniel ajoute :

— Prêtre. J'ai été curé si tu préfères.

— Et plus maintenant ?

— Non.

À nouveau le silence s'installe entre les deux hommes.

— Pédophile ?

— Pire ! Enfin, pire, pour l'Église : défroqué et homo !

— Ah ouais, quand même ! Vous avez fait fort !

— J'ai suivi mon instinct. J'me suis cassé et j'ai bien fait. J'ai vécu ce qui devait être.

Au fil de la discussion, Léandre peaufine son esquisse. Il relève la tête de temps en temps pour croiser le regard de son interlocuteur, mais son crayon poursuit son chemin, comme possédé par le croquis.

— Qu'est-ce que tu fais avec ton carnet ?

— Je dresse un portrait de femme. Pas facile, elle n'est venue qu'une fois. Alors je gribouille de mémoire.

La discussion s'enchaîne sur le meurtre de la gourou et leurs échanges avec la police.

— Et dire qu'il faut qu'on reste ici pendant, combien a-t-elle dit la flic ? Une semaine, plus ?

— Je ne tiendrai pas longtemps… se lamente le jeune homme.

— T'es venu pour quoi, toi ?

— J'avais envie d'élargir mon horizon. J'espérais choper de l'inspiration pour mes futures créations, un truc ésotérique, voire évanescent. En profiter aussi pour démarcher les galeries du coin. Je crois que je vais laisser tomber, c'est mort, c'est le cas de le dire. Bref, c'est la mouise. Je n'en tirerai rien. Ce trou, c'est la déchéance des artistes !

— Mouais, pas que des artistes. Des curetons pédés également, si tu veux mon avis ! Tu me montres tes crobards ?

Léandre tend son carnet à Daniel. L'homme prend le temps de regarder. Il tourne les pages, revient en arrière, s'arrête sur une figure, puis enchaîne sur les feuillets suivants.

— Nom d'un calice imberbe, ce n'est pas mal du tout !

— C'est la meuf du taxi qui m'a amené ici. Elle m'a tout de suite tapé dans l'œil. Rien de salace, ne vous réjouissez pas trop vite ! Je lui trouve un air indéfinissable. Je lui ai proposé de poser. Elle a accepté immédiatement. C'était vraiment cool. Elle est venue mardi pendant la transe méditative de reconnexion à l'élément eau.

— Du coup, t'as séché la fusion aquatique ?

Le rire des deux hommes — sonore pour Daniel, plus

discret pour Léandre — retentit sur la terrasse.

— Et cette page déchirée, qu'est-ce que c'est ?

— C'est le premier dessin, celui que j'ai fait quand Max était présente. J'ai retrouvé mon carnet comme ça, le soir dans ma yourte. Page déchirée et volée. Je ne sais pas qui a fait ça.

— Anne ?

— Je ne pense pas puisqu'elle ne m'avait pas encore offert sa… euh… participation.

— Putain, c'est vraiment un repère de gougnafiers !

— Mouais. Pour rattraper le coup, j'ai demandé à Max de revenir, mais, autant elle a sauté sur l'occasion la première fois, autant là, elle a refusé net.

— Elle a peut-être peur du meurtrier ?

— Ouais, vous avez sans doute raison.

Daniel poursuit son inspection des dessins.

— Putain, ce regard sur celui-là, elle me fout les poils !

— J'ai surpris ce truc dans ses yeux à un moment où elle observait dehors, je crois qu'elle ne me calculait plus du tout, ça n'a duré qu'une poignée de secondes, mais j'ai trouvé ça intéressant.

Daniel referme le carnet de croquis et le rend à Léandre :

— T'as d'l'avenir, chérubin ! C'est sûr ! On se taperait bien une bière pour fêter ça, non ?

— Carrément. Y'en a dans ce foyer de barjos ? C'est compatible avec les conjonctions Lune-Pluton-transcendentalement vegan ?

— Chais pas, mais j'en ai vu dans le bureau de la gourou l'autre jour.

— Ouais, mais je te rappelle que les flics ont mis des scellées sur la porte. À moins qu'on entre par la fenêtre ?

— Passer outre les interdits, c'est plutôt mon truc, mais je ne suis pas certain d'avoir envie de franchir une zone fermée pour meurtre… bougonne Daniel.

— Ce n'est pas la scène du crime, hein ! T'es trop vieux pour faire des conneries ou quoi ?

— Putain, t'es aussi chiant que l'emmerdeuse, toi !

Quelques minutes plus tard, les deux hommes, l'un plus facilement que l'autre, enjambent une fenêtre à l'arrière du bâtiment.

7 — LE BELGE

Béa relit les notes du dossier dans le bureau du Capitaine Billy en attendant son retour. Arrivée le matin même en pleine audition des témoins, elle a pris l'enquête à bras le corps, pour le plus grand bonheur d'Octave, peu coutumier de ce genre d'affaires, les tueurs en série ne courant pas la campagne dans le Perche.

Léandre, le jeune artiste qu'elle a interrogé ce matin lui a apporté quelques éléments qui pourraient bien faire avancer l'enquête. À commencer par la description du propriétaire du Centre qui semble être un sacré gaillard pas commode. Surnommé Le Belge, il s'est installé dans la région il y a trois ans, et gère son affaire avec autorité et mauvaise humeur. Ancien cuisinier, à l'alcoolémie ne descendant jamais au-dessous de trois grammes, Le Belge se serait disputé avec la victime la veille de la découverte du cadavre. D'après Léandre, elle lui reprochait de servir à certains membres du groupe de l'alcool et des aliments non conformes au jeûne qu'elle leur imposait. Le Picasso en herbes lui-même n'a pas nié qu'au bout de quelques jours de salade de pissenlit et de tisane ayurvédique, il avait été le premier à réclamer au Belge des bières et des tartines de terrine, dès que la gourou avait le dos tourné. Le Belge lui avait répondu, toujours d'après Léandre, que le houblon et le cochon n'avaient jamais tué personne, mais que si elle continuait de l'emmerder, elle se mangerait des tartines de phalanges, malgré ses quatre-vingt-huit ans.

Béa se dit qu'elle ira interroger ce Belge dès que Billy l'emmènera au centre. D'autant que Léandre avait conclu son audition en disant que le Belge avait des infos à communiquer à la police.

Elle parcourt ensuite les comptes rendus des auditions que le Capitaine a faits avant qu'elle n'arrive. Le commentaire de Daniel Hervieux sur les capacités de nageuse de Anne Moureux est à creuser bien sûr. Mais ce qui l'intéresse plus, c'est bien évidemment l'homme encapuchonné de noir que la nageuse a décrit pendant son audition. L'arrivée de Billy la sort de ses pensées.

— Alors Capitaine ? Vous tirez déjà des conclusions de ces premières auditions ?

— Des questionnements plus que des conclusions Capitaine ! Il va falloir poursuivre les interrogatoires, à commencer par le propriétaire du centre. Un désaccord sur les menus ne semble pas être le mobile idéal d'un meurtre, mais nous ne sommes pas à l'abri d'une autre dispute qui aurait dégénéré. Je me méfie des gens qui boivent ! Et si on a affaire à une simple rixe, je préfère le savoir tout de suite et arrêter de perdre mon temps.

— Le bonhomme est connu de nos services en tous cas et a déjà eu droit à quelques nuits au sous-sol en cellule de dégrisement.

— Je vois parfaitement le genre ! Et je voudrais poser quelques questions complémentaires à Anne Moureux, à propos de l'homme en soutane noire qu'elle a vu le soir.

— OK, je vais vous y emmener. Mais d'après les premiers éléments, est-ce que ça vous évoque des meurtres sur lesquels vous avez déjà enquêté ?

Béa ne répond pas immédiatement à cette question. Elle plonge dans ses pensées, faisant mine de parcourir les dernières pages du rapport qu'elle tient entre les mains. Depuis tout ce temps qu'elle traque l'assassin de son grand amour parti se réfugier dans une secte, bien sûr qu'elle espère, comme à chaque fois, qu'elle est de nouveau sur la piste du meurtrier. Le modus operandi est sans équivoque : le groupe, la noyade, la soutane noire aperçue quelques heures avant le meurtre, l'empreinte taille quarante-deux sur la scène de crime, et l'âge des victimes bien sûr ! Pour l'instant tout colle ! Ou presque. Elle relève la tête vers Billy.

— Il se pourrait bien, oui, qu'il y ait un lien avec d'autres meurtres. Mais une chose m'étonne.
— Laquelle ? répond Octave
— Le profil des membres du groupe qui ont déjà été interrogés. Ils n'ont pas l'air d'être happés dans une secte. Un peu paumés peut-être, en quête de se ressourcer sans doute, mais pas sous emprise en tous cas. Et l'histoire des danses autour du feu sous l'effet d'une tisane hallucinogène m'évoque plus un délire beatnik qu'un rituel religieux quelconque. Et pourtant…

— Et pourtant ?

— Et pourtant, l'âge de notre nouvelle victime confirme la suite de Syracuse identifiée au fil des meurtres répondant à ce modus operandi.

Au regard stupéfié que Billy lance à Béa, elle comprend qu'elle a pensé à haute voix et que sans explication, le Capitaine ne peut pas comprendre de quoi elle parle.

— Laissez-moi vous expliquer Capitaine. La suite de Syracuse est une suite algébrique qui répond à la logique mathématique suivante : on part d'un nombre entier. S'il est impair, on le multiplie par trois et on ajoute un ; s'il est pair, on le divise par deux, et ainsi de suite. La première victime était âgée de vingt-cinq ans. On part de donc de vingt-cinq, et en appliquant la logique de la suite, on obtient : 25 ; 76 ; 38 ; 19 ; 58 ; 29 et 88. Les âges successifs des victimes de ce même tueur en série. Ça ne peut pas être un hasard.

— Si je comprends bien, conclut Octave Billy en se grattant le menton, la prochaine victime aura… quarante-quatre ans !

— En toute logique, oui, sauf si on l'arrête avant !

— Vous avez déjà vu de la logique dans les meurtres Capitaine ? ironisa-t-il.

— Chez les tueurs en série, particulièrement ! Le défi, c'est de comprendre celle qui anime chacun d'entre eux.

Béa sait de quoi elle parle. Elle traque celui-ci depuis tellement d'années, qu'elle pourrait presque le décrire trait pour trait. Elle y pense jour et nuit. Jusqu'à le voir en rêve, parfois. Un cauchemar plutôt, où un homme à la carrure imposante, vêtu d'une soutane noire, le visage dissimulé dans l'ombre des pans de la capuche relevée, la poursuit le long d'une rivière avec la ferme intention de la noyer. Elle court pour lui échapper, mais il la rattrape, la jette dans la rivière et lui maintient la tête sous l'eau jusqu'à ce qu'elle se noie. Elle se réveille soudainement, le souffle coupé, la colère et la tristesse lui serrant la gorge, pensant à son amour disparu, assassiné à l'âge de vingt-cinq ans. Elle sait qu'elle ne trouvera la paix que quand elle aura arrêté la folie meurtrière de ce tueur en série.

Et Béa qui ne se fie qu'à sa logique et qui déteste les hasards, réalise que l'avant-dernier meurtre remonte à trois ans, période à laquelle le Belge a fait son apparition dans le Perche, pour prendre en gestion le centre, devenu la veille, le théâtre d'une nouvelle scène de crime. Il est temps d'aller rendre visite au patron de ce centre pour l'interroger.

Au moment où elle s'apprête à demander au Capitaine de l'emmener sur le lieu du meurtre, un officier surgit dans le bureau pour s'adresser à Billy :

— Capitaine, il y a eu un nouvel homicide au centre ! Christophe Blanquaert a été retrouvé noyé, la tête plongée dans le bac à vaisselle.

— Christophe qui ?

— Blanquaert ! Le Belge !

8 — LUC

Je viens d'appeler Isabelle pour lui relater les derniers événements de mon stage antistress. Deux morts en quatre jours, elle commence à paniquer ! Je lui ai signalé que tous les stagiaires étaient vivants… pour l'instant.

À peine le temps de glisser mon portable dans ma poche (content de l'avoir récupéré) que deux voitures de police déboulent et se garent devant le bâtiment principal.

Au téléphone, Isabelle m'a enjoint de rentrer immédiatement. Facile à dire, mais la Capitaine Caltrin ne l'entend pas de cette oreille. Dès son arrivée, elle nous a assignés à résidence pour une durée indéterminée. Avec ce deuxième mort, je ne suis pas près de rentrer en Alsace.

Et dire que c'est Isabelle qui m'a inscrit à ce stage ! Elle l'avait déniché sur Internet. Certes, le Perche, ce n'est pas la porte à côté, mais on s'était dit qu'après nos dix jours dans ce centre, on pourrait en profiter pour visiter la région. Et quinze jours avant le début du stage, sa fille aînée a besoin d'elle, une vague histoire de bébé à garder. Elle a aussitôt annulé son stage et m'a obligé à partir seul avec des arguments imparables, j'étais effectivement épuisé par mon année entre mon fils qui avait joué les Tanguy à la maison et mes lycéens plus infernaux que de coutume.

Dès que je suis arrivé sur le centre, j'ai senti une drôle d'atmosphère. La responsable avec ses longs cheveux blancs et sa robe à fleurs me faisait penser à une survivante de l'époque « Peace and Love ». Elle était mince et sèche, la peau collée aux os. Pas étonnant avec le régime qu'elle nous impose ! Mais question souplesse, rien à redire, moi qui peine à m'asseoir en tailleur ! Malgré sa peau ridée, j'ai été étonné d'apprendre après sa mort qu'elle avait quatre-vingt-huit ans, je lui en aurais donné quinze de moins. La souplesse, sans doute !

Le premier jour, elle a édicté les règles, presque militaires en vigueur sur le camp :

— Appelez-moi Jiva, cela signifie « âme vivante ».

Sachez que pour accéder à la sérénité, il convient de suivre quelques règles simples. Le portable est interdit sauf de 18 h à 19 h, vous les poserez dans la boîte bleue. Fumer est totalement prohibé, quelle que soit l'heure.

— Et les cigarettes électroniques ? a demandé un homme chaussé de bottes de moto.

— Interdiction totale, a-t-elle répliqué d'une voix sans appel. L'alcool n'a évidemment pas droit de cité sur le camp. Vous êtes priés de manger et de boire uniquement ce que je vous proposerai. Si certains d'entre vous ont des provisions dans les sacs, merci de les mettre dans la boîte jaune. Marchez pieds nus, les chaussures sont un frein qui vous empêche de ressentir l'énergie de la terre.

— On doit mettre les chaussures dans quelle boîte ? a demandé un homme à l'élocution fatiguée.

— Vous pouvez garder vos chaussures, mais rangez-les dans votre valise, vous ne serez pas tentés de les porter.

— Et pour les médicaments ? a ajouté une femme.

— Arrêtez de vous empoisonner avec ces produits chimiques, votre corps vous remerciera, soyez-en sûrs !

— Mais, c'est pour mon cancer ! a spécifié la même femme.

— Pensez-vous que ces produits soient réellement

utiles ? Les médicaments dans la boîte verte !

Le stage commençait bizarrement. Qu'elle déconseille aux gens de prendre leurs médicaments m'avait révolté, mais je m'étais tu, comme les autres.

En discutant avec d'autres participants, mon impression de départ s'est confirmée. Au-delà du stage de zénitude, il semblerait que nous soyons dans une secte ou un mouvement apparenté. Pourtant sur le site Internet, rien ne le présageait. Je n'ai rien vu et je ne suis pas le seul.

Je n'ai rien dit à Isabelle de la soirée du deuxième jour qui a dégénéré. Un doux bonheur m'envahit en y pensant. Braver l'interdit de l'exhibitionnisme a été jouissif. Jiva nous a fait boire une tisane, plutôt bonne je dois dire par rapport à ce qu'on avait l'habitude d'ingurgiter, et tout est parti en vrille. Je me suis déshabillé, m'effeuillant sous les encouragements de Jiva et des autres stagiaires et j'avoue que même le spectacle de la vieille nue ne m'a pas dérangé. J'ignore ensuite comment je me suis retrouvé dans ma yourte, allongé sur mon lit, car j'ai un énorme trou noir. J'espère que je n'ai pas fait trop de conneries.

Quand Jiva a été retrouvée sans vie dans la rivière, j'ai

tout de suite pensé à un assassinat. Un suicide, je n'y crois pas. Un accident à la rigueur, elle aurait pu glisser. J'ai une liste de suspects que je vais m'empresser de soumettre à la Capitaine quand elle va m'interroger.

J'ai d'abord pensé au Belge, mais en même temps, la mort de Jiva était une grosse perte financière pour lui. Il lui louait son site et ses yourtes une bonne petite fortune vu le prix que ses stages devaient lui rapporter. En plus, elle l'avait engagé en tant que cuisinier. À part, une dispute qui aurait mal tourné, je ne vois pas pourquoi il aurait tué la poule aux œufs d'or.

La mort de Jiva est peut-être un accident, car une violente altercation a effectivement eu lieu entre le Belge et Jiva lorsqu'elle a vu un stagiaire en train de déguster un Mars. Au bout de deux jours de stage, on était quelques-uns à avoir compris la combine. Moyennant quelques euros, le Belge nous pourvoyait en alcool, cigarettes et barres chocolatées. Elle avait d'ailleurs confisqué des bières qu'elle avait rangées dans son bureau. Certains ont ricané : elle allait les boire, en douce ?

Il était sympa, le Belge. Je ne connais pas son prénom, c'est lui qui s'est présenté comme ça. Et avec son accent, il ne pouvait pas renier ses origines. Je me doute que la paix ne devait pas régner entre Jiva et lui parce que préparer des tisanes et des soupes à base d'herbe n'était certainement pas digne du grand cuisinier qu'il prétendait être. Vu la quantité d'alcool qu'il ingurgitait, m'est avis que le grand cuisinier avait disparu depuis longtemps derrière l'alcoolique. Heureusement qu'il était secondé par une charmante jeune fille. Tiens, où est-elle passée ?

Même s'il est mort, je ne l'enlève pas de ma liste des suspects, il a pu se suicider. Quoique, peut-on se suicider dans une bassine à vaisselle ? Ou alors, c'est tout simplement une mort naturelle, une crise cardiaque. Les explications les plus simples sont parfois les plus justes.

Dans ma liste de suspects, figurent deux stagiaires. Tout d'abord Anne. Une femme étrange, aux pieds palmés. J'avais remarqué ce détail lors des exercices de réflexo-auto-respiration, le premier jour. Elle était à côté de moi. Lors de la fameuse soirée, elle n'a pas voulu boire la tisane délirante. Pourquoi ? Elle devait en connaître les effets et à mon avis, elle était aux premières loges pour nous reluquer à poil en train de faire je ne sais quoi. C'est une voyeuse, une nymphomane, j'en suis sûr.

Quelle plaie, celle-là ! J'ai compris son manège, elle tente de draguer tous les hommes. Elle a même fait du gringue à Léandre, soi-disant qu'elle voulait poser nue pour lui. J'imagine déjà le tableau !

J'ai ma petite idée sur son mobile. J'ai vite compris les raisons de son inscription à ce stage. Elle voulait à la fois maigrir (question tour de taille, elle est servie !) et s'approprier les méthodes de Jiva puisqu'elle se dit sophrologue. Apparemment n'importe qui peut se proclamer sophrologue ! Elle a plutôt bien réussi son coup puisque depuis hier, quelques stagiaires suivent ses cours et ses prescriptions alimentaires !

Pas moi ! Depuis la mort de Jiva, notre ordinaire s'est amélioré. Finies les soupes d'orties et de pissenlits ! Le Belge nous concoctait quelques plats plus revigorants qu'il nous faisait payer le prix fort sans aucun scrupule puisque dans le prix du stage, seules des soupes étaient incluses. Affamés, nous nous étions jetés sur la nourriture, hormis ceux qui pratiquaient encore le jeûne, encouragés par Anne.

Daniel est le troisième suspect de ma liste. L'odeur

sucrée et écœurante qui l'accompagne depuis le premier jour prouve qu'il n'a jamais renoncé à sa cigarette électronique. Quant à ses bottes de moto qu'il n'a pas quittées, aucun commentaire ! J'envisage aussi une dispute avec Jiva qui aurait mal tourné.

Reste ce fameux homme en noir qui aurait été aperçu rôdant sur le camp, mais je n'en crois pas un mot. Je n'ai rien vu.

*

Je reconnais la Capitaine Caltrin qui descend d'une des voitures, accompagné par un homme que j'avais vu au commissariat lors de mon interrogatoire, son chef sans doute. Ils se dirigent vers les cuisines avec toute une flopée de spécialistes.

C'est Léandre qui a découvert le corps du Belge. Pour l'heure, il sanglote dans les bras de Claudie, la copine de Daniel. Drôle de couple, d'ailleurs, Daniel et Claudie : ils semblent s'aimer et se détester dans la même seconde. Et lui la traite sans cesse « d'emmerdeuse ». Charmant !

Les policiers se dirigent directement vers le local qui sert de cuisine, l'antre du Belge. Quelques minutes après, la Capitaine sort de la pièce, seule.

— Qui a découvert le corps ? demande-t-elle à la cantonade.

Léandre, aussi blanc que sa chemise, se lève.

— Moi ! déclare-t-il d'une voix presque inaudible.

Pauvre gosse ! Je me demande ce qu'il fait ici au milieu de ces « vieux » venus se ressourcer.

— Approchez ! Les autres, restez où vous êtes, on va procéder aux interrogatoires dans quelques minutes.

Encore de longues heures à patienter ! Il fait chaud et on ne peut même pas prendre une boisson fraîche dans la cuisine. Pas question non plus de quitter le site pour se désaltérer à la terrasse d'un bar du village. Je n'en peux plus. Ce stage était censé me remettre en forme, mais j'ai l'impression que je vais rentrer à la maison encore plus stressé et épuisé.

Mon organisme a déjà été mis à rude épreuve pendant les trois premiers jours puisqu'on n'a rien avalé de consistant. Et question sérénité, on ne peut pas dire que les circonstances soient propices à la zénitude. Deux morts en deux jours, ça secoue. Je n'ai qu'un souhait, c'est rentrer chez moi. Je ne voudrais pas non plus traîner trop longtemps dans les parages, je n'ai pas envie d'être la prochaine victime.

Les interrogatoires commencent.

9 — MAX

Max s'avance dans la pénombre de sa pièce secrète et allume deux bougies. Elle se recueille dans leur clarté diffuse et tremblotante. Venir en ces lieux la ressource et ravive son désir de vengeance. Elle peut parler librement au Maître et ordonner ses pensées, faire le point sur les derniers événements.

J'ai vu plusieurs voitures de police se diriger vers le gîte. Ils vont interroger tout le monde, mais ils ne pourront rien apprendre, je suis bien tranquille !

Y a bien ce mec d'une cinquantaine d'années qui fourre son nez partout, un vrai fouille-merde que j'ai vu rôder autour des cuisines… Faut dire que la gourou les affamait ! Je suis pourtant quasiment sûre qu'il ne m'a pas vue. Cependant, le Maître m'a soufflé de m'occuper de lui, comme j'étais encore sur place. « Il ne faut prendre aucun risque, m'a-t-il dit. Sers-toi du sac de plantes que tu as dérobé à la gourou. »

Je suis retournée à ma voiture et j'ai prélevé un sachet avec de la poudre de graines de ricin, dont elle m'avait expliqué l'effet toxique : une fois broyées, elles libéraient une toxine qui s'attaquait au système gastro-intestinal, provoquant une hémorragie. Alors j'ai profité de leur affolement, quand ils étaient tous dans la cuisine à constater le décès du Belge, pour me glisser dans la yourte du dénommé Luc, et j'ai versé plusieurs pincées de poudre dans la bouteille d'eau qui était sur sa table de nuit. Je connais bien les lieux, depuis le temps, et je sais où chacun crèche ! Il va bientôt être pris de crampes d'estomac et se vider les boyaux. Il ne pourra plus parler du tout. Un Watson en herbe en moins !

En tout cas, j'ai pas eu de mal avec le cuistot ! Imbibé comme il l'était, une véritable éponge éthylique, ça n'a pas été très difficile de le faire plonger dans sa bassine ! Surtout que sa bedaine a facilité sa chute en avant ! Voilà longtemps que je n'avais pas joué au Culbuto ! Il n'a pas eu le temps de dire « ouf ! » avant que je lui donne un coup derrière la nuque. Je n'ai eu qu'à le pousser et à maintenir sa tête sous l'eau !

Max se marre toute seule et déclare à haute voix :

— De toute façon, c'était un sale type, qui profitait des gens. Mais c'est surtout qu'il m'a vue parler avec la gourou, il y a trois ans, à plusieurs reprises, et l'autre jour aussi. Alors je n'ai pas eu le choix. Malgré ma soutane, il pouvait m'avoir reconnue… Maître, vous avez eu raison de me dire de supprimer cette ordure !

Elle fait silence de nouveau puis souffle les bougies.

Après avoir gravi les treize marches, elle regagne le salon, prenant soin de refermer à clef derrière elle. Elle a fait de grosses courses pour la semaine qui arrive. Ses jumeaux seront là ! Tout en rangeant, elle se remémore sa rencontre avec Béatrice Caltrin, se félicitant d'avoir pris la Capitaine dans son taxi et réussi à la mettre en confiance. D'ailleurs elle se sent des affinités avec elle… Avant-hier, elle l'a guettée à sa sortie du commissariat et a avancé son véhicule.

— Vous tombez bien ! a lancé la flic en montant. Je suis vannée !

— Votre nouvelle affaire vous donne du fil à retordre ?

— Vous n'imaginez même pas ! Mais nous allons peut-être avancer.

— Oh, quelle bonne nouvelle ! Un nouveau témoin ?

— Il semblerait que le gérant du centre ait des révélations à faire.

— Eh bien, je vous souhaite de coffrer le ou la coupable !

— Espérons, oui !

Après un silence, Max qui sait ce qui lui reste à faire, a réitéré sa proposition de lui faire connaître les endroits branchés de la ville.

— Je peux venir vous prendre à votre hôtel vers dix-neuf heures ? Ça vous changerait les idées !

— Vous avez raison ! J'accepte.

Béatrice est apparue en jeans et débardeur, une veste noire lancée négligemment sur son épaule. La femme taxi l'a trouvée belle, avec ses épaules musclées. Elles doivent avoir sensiblement le même âge, estime-t-elle, et le même intérêt pour la musculation.

Au cours de cette soirée, les deux femmes ont fait plus ample connaissance. Dînant ensemble dans une brasserie du centre, elles ont poursuivi dans le bar à cocktails le plus fréquenté de la ville. Non seulement elles ont le même gabarit et les mêmes goûts vestimentaires, préférant toutes deux les jeans aux froufrous, mais elles manifestent aussi une grande force de caractère, malgré les épreuves traversées. Max a parlé à Béa de son divorce, pour l'inciter à se confier, elle aussi. Et ça a été le cas. La jeune femme a lâché quelques bribes sur son passé, sans toutefois donner de précisions, mais Max a alors compris que cette affaire la touchant personnellement, la Capitaine ne lâchera rien. Lui faudra-t-il l'éliminer à un moment ? En son for intérieur, Max le redoute : elle la trouve sympathique et la même soif de vengeance les anime. Malheureusement, elles ne sont pas du même côté…

Elles se sont quittées enchantées l'une de l'autre, se promettant de recommencer dans une huitaine de jours, quand la *taxiwoman* n'aura pas la garde de ses enfants.

Elle secoue la tête. Justement, ils arrivent tout à l'heure, ses petits anges. Elle va leur préparer un bon gratin de pâtes au tofu, ils adorent ça ! En cet instant, elle n'est plus qu'une mère qui a pour seule préoccupation de faire plaisir à ses petits. Elle qui n'aurait jamais cru avoir l'instinct maternel, son monde s'est embelli à leur naissance, puis effondré à l'annonce du divorce. Tout a basculé au retour du Maître, alors qu'elle venait de mettre au monde ses jumeaux. Elle n'a pu résister à son appel… Son mari s'est rendu compte du changement qui s'opérait en elle et n'a pas du tout apprécié sa transformation, la plus évidente concernant ses cheveux : déjà plusieurs années auparavant, il n'avait pas compris pourquoi elle avait coupé sa belle chevelure brune, lorsqu'il était tombé sur des photos d'elle, datant d'avant leur rencontre. Malgré tout, il était tombé amoureux de son allure androgyne… Mais quand elle a enfin laissé repousser ses cheveux, il a été ravi, de sorte que le soir où il l'a vue de nouveau avec le crâne rasé, une dispute a éclaté.

— Je t'ai pourtant dit que je te préférais avec tes cheveux longs. Passe encore quand tu étais jeune, c'était fun, mais à ton âge… Tu n'as plus rien de féminin ! a-t-il éructé, furieux.

— J'avais envie de changement, et puis comme ça, je n'ai plus les cheveux qui traînent dans la bouillie des jumeaux, s'est-elle défendue.

— Vraiment n'importe quoi ! Tu crois que nos gamins

vont apprécier ta tronche, quand ils seront plus grands ? À l'école, les crânes rasés, c'est quand on a des poux, je te signale !

Sur ces mots, il a tourné les talons et une cassure a commencé à s'opérer. Il lui a d'abord reproché d'être absente, puis de ne pas s'occuper correctement de ses enfants, se mettant à surveiller ses allées et venues… Pourtant, elle pensait naïvement que tout allait s'arranger. Mais le destin en a décidé autrement.

Elle soupire. Il a fallu qu'elle trouve ce job de taxi, qui finalement lui plaît et lui est bien utile pour les projets du Maître. Et si elle regrette d'être séparée de ses chérubins, elle reconnaît qu'il lui est plus facile ainsi de jongler entre ses obligations familiales et ses activités secrètes.

Pour l'heure, elle ne va pas pouvoir se libérer pour savoir ce qui se passe au centre, mais elle a prévu d'appeler Béa demain soir, juste un appel amical pour prendre de ses nouvelles. Alors, elle la fera parler sur son enquête.

Satisfaite, elle met l'eau à chauffer pour faire cuire ses macaronis.

Une heure plus tard, elle entend la porte s'ouvrir

accompagné d'un « maman ! » qui lui fait chaud au cœur.

La haute silhouette de son ex se découpe dans l'embrasure. Elle ne l'invite pas à entrer, tandis qu'elle serre ses jumeaux dans ses bras. Il pose leurs sacs et lance « Salut, mes loustics ! Soyez sages ! », avant de tourner les talons.

Max ne cherche plus à renouer le dialogue, elle s'est fait une raison. L'aime-t-elle toujours ? Peut-être. Mais ce qui est sûr, c'est qu'elle lui en veut encore. La quitter alors que les enfants étaient si petits, qu'ils avaient besoin de leurs deux parents, non, ça elle ne le digère pas !

La porte s'est refermée.

— Alors, mes chéris, racontez-moi votre semaine ! dit-elle en s'installant avec eux sur le canapé. Elle contemple leurs petites frimousses s'animer, tandis qu'ils s'expriment, se coupant parfois la parole pour donner un détail que l'autre aurait oublié. Ils se ressemblent beaucoup, mais elle ne pourrait les confondre. Elle connaît leurs moindres différences, comme l'intonation de leur voix, ce petit grain de beauté qu'a l'un sur l'omoplate à droite, alors que l'autre l'a à gauche. Un sourire attendri s'épanouit sur son visage.

(Florence JOUNIAUX)

Elle s'aperçoit que, toute à ses pensées maternelles, elle frotte depuis quelques instants le creux de son poignet gauche qui la démange depuis que le Maître l'a obligée à.... Bref, d'un geste vif et embarrassé, elle tire la manche de son haut pour cacher la peau irritée.

— Maman ! Tu écoutes ?

— Bien sûr, mon chéri !

*

Pendant que cette femme oublie qu'elle est une meurtrière, telle une mère poule veillant sur sa couvée, au centre, c'est l'effervescence : Luc vient de faire un malaise…

10 — NORBERT

— Voilà ! Vou-vou-vou… vous allez vous sentir beau… beau… beaucoup mi-mi-mieux… avec ça !

Le débris ambulant qui fait office de médecin de famille dans la petite bourgade proche du Centre conclut sa phrase dans un souffle d'asthmatique. Aligner dix mots sans en écorcher douze, pour lui, cela relève du miracle.

L'autre miracle de sa vie a été de réussir brillamment ses études de médecine générale tout en souffrant de bégaiement chronique. S'il avait redoublé chacune de ses années d'études autant de fois qu'il répète chacun de ses mots, à cette heure-ci, il serait encore en dernière année d'internat. Pourtant, ses cheveux gris, sa peau parcheminée et son corps émacié plaident plus en faveur d'une fin de carrière et trahissent sans trop de risque d'erreur l'approche inexorable des soixante-dix ans.

Autour de lui, dans la yourte qu'occupe Luc, se pressent les autres participants, attirés comme des mouches par les rumeurs selon lesquelles le bonhomme est à l'article de la mort. *Un de plus, un de moins*, philosophent certains… *quelle différence, tant qu'il ne s'agit pas de moi ?*

Derrière Norbert le carabin se tiennent le Capitaine Octave Billy et la Capitaine Béa Caltrin. La fliquette parisienne, en charge de l'enquête, demande des précisions à l'homme de science :

— Docteur, de quoi souffre le patient ?

— Into-to-to-to…

— -xication ? complète Billy.

— Non ! Into-to-to-to…

— -lérance ? ose Béatrice.

— Oui ! s'écrie le médecin, trop heureux de ne pas avoir à boucler lui-même le vocable assassin.

— Intolérance provoquée par ?

Le malade, qu'on avait un temps cru à l'article de la mort, s'agite sur son lit, une couche des plus spartiates, composée de lattes en bois et d'un fin matelas en corde tressée, censée revitaliser l'enveloppe corporelle durant le sommeil, ajoutant aux bienfaits des plantes et autres exercices de méditation transcendantale au programme du stage. Stage qui, d'ailleurs, est rapidement parti en quenouille, ou en sucette, selon affinités… Déjà deux cadavres, l'une dans la rivière, l'autre dans le bac à vaisselle, et maintenant cette frousse à propos de Luc. Si maintenant le tueur s'en prend aux participants… Plus personne ne se sent à l'abri, même sous protection policière.

— Analyses ! Lance d'un trait le toubib, dont on lit dans le regard la jubilation d'avoir prononcé un mot en entier sans se prendre les pieds dedans.

— Vous voulez dire qu'il faudra attendre les résultats des analyses ?

— Oui ! (encore une prouesse de trois lettres et une syllabe).

— Docteur, pensez-vous qu'il puisse s'agir d'un empoisonnement homicide ? le guide Béa, consciente qu'il vaut mieux lui mâcher les mots pour gagner du temps.

— Po-po-po…

— -ssible ?

— Voilà !

— Mais pas nécessairement ?

— Voilà !

Quand Norbert tient un mot et qu'il le maîtrise, il n'hésite pas à poursuivre sur sa lancée !

— Donc, vous ne pouvez pas être catégorique ?

— Voilà !

La vache ! Il tourne en boucle, le Doc'…

De fait, la Capitaine préfère le remercier, lui demandant de bien vouloir l'avertir au plus vite dès la réception des résultats et se penche dès lors sur la couche de Luc où celui-ci revient peu à peu des limbes de son malaise.

— Monsieur Herrgot ? Comment vous sentez-vous ?

— Nauséeux, balbutia Luc. Mais je n'ai plus ces horribles crampes d'estomac et cette brûlure au niveau du plexus solaire…

Visiblement, le calmant – un antispasmodique – administré par le vieux médecin commence à faire son œuvre.

Tandis que le Capitaine Billy fait évacuer la yourte (pour un Bulgare d'origine, c'était assez cocasse), la Capitaine Caltrin poursuit son interrogatoire :

— Pouvez-vous me raconter votre soirée d'hier, monsieur Herrgot ?

— Ce n'est pas facile… hésite l'alité.

— Pourquoi ? Vous éprouvez des difficultés ou des douleurs pour parler ?

— Non, ça va de côté-là.

— Alors ? Vous savez, il en va de votre sécurité à tous, au sein de ce Centre, de ne rien occulter à la police… Le moindre détail peut nous être utile, je vous le garantis. Même ce qui pourrait vous paraître insignifiant peut avoir du sens.

— C'est-à-dire que…

— Oh ! Allez, Herrgot, accouchez ! Vos hésitations me tapent encore plus sur le système que les zé-zé-zé-zésitations du Doc' !

— Capitaine… la tempère Billy. Reprenez-vous. Ça ne sert à rien de brusquer les témoins. En plus, ça vous fait bégayer.

La policière secoue la tête, tentant de faire redescendre la pression qui l'enveloppe. Elle prend cette enquête visiblement trop à cœur… Sans doute le fait de sentir que les événements du présent font furieusement écho à ceux du passé… de SON passé.

— Veuillez m'excuser, monsieur Herrgot.

— Je vous en prie.

— Donc, hier soir, qu'avez-vous fait après le dîner ?

— Je suis allé prendre l'air au bord de la rivière qui longe le Centre.

— Seul ?

— …

— Accompagné ?

— Oui, souffle Luc, le regard baissé.

— Avec qui étiez-vous ?

— Une jeune femme, avoue le couché nauséeux.

Béa a une irrépressible envie de bousculer le bonhomme pour lui tirer les vers du nez mais reste diplomate.

— Une participante au stage ?

— Non, pas vraiment.

— Une question préalable, monsieur Herrgot. Vous êtes marié ?

— Divorcé, mais j'ai une nouvelle compagne depuis six ans, Isabelle.

— Qui ne vous a pas accompagné ici, n'est-ce pas ?

— Non, un empêchement de dernière minute…

— Vous êtes donc comme qui dirait en… candidat libre, cette semaine ? Et vous avez connu un petit moment d'égarement… que vous souhaitez garder secret ? Voilà pourquoi vous craignez de me dévoiler avec qui vous étiez hier soir…

Le gisant acquiesce silencieusement, d'un battement de paupières.

— Ce qui se passe dans les yourtes reste dans les yourtes, sentencie la Capitaine.

La formule paraît fissurer l'armure psychologique de Luc.

— Il se trouve que, après le dîner, lorsque je suis sorti du réfectoire en me dirigeant vers la rivière, j'ai aperçu cette jeune femme en train de fumer, à l'arrière des cuisines.

— Qui ?

— L'assistante du cuisinier, une étudiante assez charmante qui répond au joli nom d'Asunción et qui secondait le chef lors de son job d'été… jusqu'à ce que le Belge plonge malencontreusement dans le bac à vaisselle, la tête la première… J'avais déjà eu l'occasion de papoter un peu avec elle, elle m'avait appris être originaire du Venezuela et qu'elle était étudiante en licence d'anglais. Alors, comme je suis moi-même prof d'anglais, ça a fait comme qui dirait des atomes crochus entre nous, vous comprenez ?

— Je comprends…

— Après le dîner, je l'ai aidée au nettoiement et au rangement des cuisines, tout en bavardant et en éclusant quelques liqueurs, grignotant quelques douceurs sucrées… Il faut dire qu'on s'est trouvés tellement privés ces derniers jours que j'ai eu l'impression de faire bombance, hier soir, vous pouvez me croire !

— Et je vous crois bien volontiers. J'imagine même que ce qui vous cloue au lit ce matin, ce sont justement vos excès d'hier : trop d'alcool, de douceurs, d'autres choses peut-être aussi ?

— Un ou deux petits pétards qu'Asunción avait roulés, oui… lâche Luc, un peu honteux.

— Tout ça était trop soudain après trois jours de quasi jeûne, les repas à base de décoctions de plantes, votre organisme n'a pas supporté ! Enfin… vous n'êtes pas mort, c'est l'essentiel, par les temps qui courent ! Mais dites-moi, monsieur Herrgot, n'avez-vous fait que bavarder et faire bombance dans les cuisines et au bord de la rivière ? Ou bien plus puisqu'affinités ?

— J'avoue qu'il y a eu affinités… J'ai honte, madame le Commissaire…

— Capitaine ! corrige Béa. Pourquoi avoir honte ?

— Eh bien, parce qu'officiellement je suis en couple avec Isabelle, qu'elle n'a pas pu venir au stage et que j'en ai illico profité pour lui être infidèle…

— Ce sont des choses qui arrivent, même aux meilleurs ! Parfois, l'alcool et les drogues aidant…

— Le problème c'est qu'elle a des yeux, Asunción…

— Deux, comme tout le monde, non ?

— Tout juste ! Mais d'un noir profond, un noir de jais dans lesquels je me reflétais si avantageusement, moi le vieux quinqua pas trop sûr de lui… Alors, dans ces yeux-là, j'ai lu toute la fougue de ma jeunesse passée, j'ai lu toute l'attirance qu'elle semblait éprouver à mon égard.

— Je la comprends, opine la policière pour qui Luc avait toute l'apparence d'un beau quinqua, pas du tout défraîchi.

— Alors, on s'est retrouvés dans ma yourte, on a continué à boire des cocktails, fumer des trucs aux plantes et de fil en aiguille… je n'ai pas besoin de vous faire de dessin…

— J'ai compris.

À cet instant, un tumulte envahit la yourte de Luc. Le Capitaine Octave Billy entre comme un fou, escorté du docteur Norbert.

— Béa ? On a un nouveau macchabée !

— Mon Dieu ! Qui est-ce ?

— Une jeune femme, l'assistante du Belge, l'étudiante Asunción Perez y Perez.

Les yeux de Luc s'écarquillent outrancièrement. La Capitaine se tourne vers lui, l'œil noir…

— Vous ne m'avez pas tout dit, monsieur Herrgot…

Puis, se tournant vers le carabin :

— Docteur ? De quoi est morte cette jeune femme ?

— Into-to-to-to-to…

— -lérance ?

— Non !

— -xication ?

— Voilà !

Un silence plane sur l'auditoire. Luc bredouille :

— Je ne comprends pas… On a mangé et bu la même chose toute la soirée…

— À la différence que vous êtes bien vivant ! Êtes-vous certain qu'elle n'a pas ingurgité autre chose que vous n'auriez pas pris vous-même ?

Luc tente de rassembler ses souvenirs jusque dans les plus infimes détails. Deux minutes s'écoulent durant lesquelles il garde les yeux clos puis soudain :

— Ah ! Si… À un moment donné, elle a eu très soif. Les cocktails, les pétards ne désaltèrent pas. On était allongés nus sur mon lit et elle a tendu le bras vers la bouteille d'eau qui traînait sur ma table de nuit et elle l'a descendu d'un trait, a soupiré d'aise puis s'est de nouveau jetée sur moi.

— Comme quoi, l'eau bue tue ! clame Doc' Norbert d'une seule traite.

— C'est un miracle ! songe Béa Caltrin.

11 — MAX

Dérangées par la voix d'homme soudaine et forte qui résonne à l'extérieur, nous tournons de concert la tête vers la fenêtre ouverte. Il est vrai qu'il est tard (plus de minuit) et que jusque-là, tout était parfaitement calme. L'homme en question se pense certainement seul au monde, au téléphone dans son jardin comme dans son salon… Enfin, d'ici, nous ne le voyons pas mais nous l'entendons parfaitement bien, cet incivique voisin de gauche qui mériterait bien un peu de poudre de graines de ricin dans sa bière… Je me lève et vais claquer la fenêtre, un peu agacée : pas moyen d'avoir la paix dans ce quartier, semble-t-il, même en pleine nuit !

Je bougonne :

— Il va me réveiller les p'tits, cet abruti !

Mon invitée ramène d'une main ses longues tresses

fines dans sa nuque et m'adresse un petit sourire contrit tandis que je me rassieds en face d'elle, de l'autre côté de la table basse qui nous sépare. Je me demande quelles sont ses origines : Afrique ? Antilles ? Jouant, du bout de ses doigts bruns, avec l'anse de sa tasse qu'elle n'a même pas entamée, elle annonce :

— Il se fait tard et je ne voudrais pas avoir l'air de m'imposer… Enfin, même si c'est un peu ce que j'ai fait en débarquant.

— Mais pas du tout, Béa ! Tu as très bien fait de me mettre un SMS. Tu sais, une fois que les jumeaux sont couchés, j'ai tout mon temps pour une soirée tranquille, pour discuter un peu…

Même si, j'avoue, quand nous avons commencé à échanger des messages ce soir, la première idée qui m'est venue a surtout été d'essayer de lui soutirer quelques infos sur la progression de son enquête au Centre… Aussi, étant coincée ici avec les petits, lui ai-je finalement proposé de passer boire un café. Nous ne devions pas nous revoir avant la semaine prochaine mais elle n'a pas rechigné ; et une heure après, elle était là.

Je fixe son mug, absorbée par mes pensées. Va-t-elle le boire, ce foutu café, d'ailleurs ? Avec le « mal » que je me suis donné pour le lui préparer…

Nos regards s'accrochent quand je lève les yeux.

— Il n'est pas empoisonné ! Pas que je sache ! fais-je avec un clin d'œil.

Encore que l'idée de… supprimer Béa m'ait vaguement effleurée.

Mais j'ai évidemment renoncé : trop de risques, trop stupide de ma part ! Elle est plutôt de bonne compagnie et il me reste quelques petites zones d'ombres à tenter d'éclaircir… Et puis, cette vieille bigote de voisine d'en face pourrait parfaitement témoigner que je suis allée lui emprunter un paquet de café et sa petite cafetière à piston avant l'arrivée de mon hôte d'un soir : je n'en bois pas et reçois peu.

Béa réprime un petit rire, semblant se demander si elle a bien fait d'évoquer avec moi l'affaire et ce détail du poison concernant « la jeune fille de la secte ».

— Sale histoire, cela dit ! lâche-t-elle.

— Et ce sera dans les journaux dès demain matin, sans aucun doute.

— Je ne sais pas bien d'où ils tiennent leurs infos, je n'ai vu personne jusque-là qui fouinait autour des scènes de crime !

— Les journaleux ont toujours leurs sources…

— Ça ne m'aurait pas étonné du Belge, de ce que je découvre sur lui ! déclare-t-elle en se reculant dans le canapé. Mais là il ne risque plus de colporter quoi que ce soit !

— Dans tous les sens du terme, d'après ce que j'ai compris.

Elle acquiesce, songeuse. Ces infos, qu'elle me distille, le fait-elle sciemment pour tenter de me tirer les vers du nez, à la Columbo ? Quel jeu joue-t-elle ? Le même que le mien ? Il va falloir que je reste extrêmement prudente dans ce que j'avance…

Sous mon oreille, ma chaîne s'enroule négligemment autour de mon index droit, faisant légèrement remonter la clef sous ma tunique sans que Béa ne se doute de rien. Cette pensée un brin perverse soulève doucement le coin de mes lèvres en un rictus qu'elle ne voit pas.

Mais je décide de me concentrer : il ne faudrait pas que le Maître se mette à me parler maintenant !

Je relance la conversation :

— L'autre soir, c'était avant que tout ça commence, j'ai eu une course pas très loin du Centre. Enfin, il m'a été demandé de m'arrêter à l'entrée du chemin vicinal, un peu en amont… J'y repense maintenant : un homme, je pense, du genre très androgyne… Petite quarantaine, pas très bavard… Ce qui m'a paru un peu bizarre c'est le lieu où j'ai dû le descendre : personne ne se fait jamais déposer là !

Elle a levé sur moi un regard vif. J'ai pleinement capté son attention : effet escompté.

— Plutôt petit ? lâche-t-elle finalement après quelques secondes en fronçant un peu les sourcils.

Son temps de réflexion ne me dit rien qui vaille… Essaie-t-elle de prêcher le faux pour avoir le vrai ? En ce cas, nous sommes deux à jouer ! Et je sens que ça va être serré.

— Normal, je dirais… Dans la moyenne.

— Pas de signe particulier ? Un parfum, un tic quelconque ? Une barbe, une moustache… ?

— Rien de précis. Il faisait presque nuit, je ne lui ai pas vraiment prêté grande attention et il s'est calé en dehors du champ de mon rétro…

Avec ça… Elle ne va pas aller bien loin mais je ne vais pas non plus lui mâcher le travail.

— Un sac, une valise ?

Je fais mine de me concentrer et de chercher dans mes

souvenirs, dirigeant sciemment mes yeux à gauche, vers le haut, pendant une fraction de seconde en une jolie petite micro-expression de mémorisation visuelle. Je remercierai mes cours de théâtre et d'impro, ado, plus tard !

— Pas que je me souvienne… dis-je avec une moue perplexe. Ce type est peut-être sans réelle importance.

— Peut-être bien, oui… souffle-t-elle, préoccupée, portant enfin sa tasse à ses lèvres.

Un strident « Maaaaaaamaaaaan ! » hurlé depuis l'étage me parvient, auquel je réponds par un prompt et sonore « J'arrriiiive ! ». Béa se lève en même temps que moi, avec un implacable « Je vais y aller… ».

Je surprends son bref regard inquisiteur de flic sur mes chaussures. J'ai bien fait, semble-t-il, de glisser mes pieds dans mon petit quarante du quotidien avant son arrivée… mais je n'aime pas trop me sentir épiée, même si c'est le jeu !

— Ça te dirait, une soirée plus intime ? propose-t-elle finalement au moment de passer la porte pour sortir, tout en se rapprochant de moi l'air de rien.

Ses doigts effleurent les miens. Je me raidis légèrement. Je la vois venir à des kilomètres, avec ses gros sabots et son sourire charmeur. Elle est peut-être douée en enquêtes (et encore… j'ai cru comprendre qu'elle tourne en rond depuis des années) mais pas le moins du monde pour un flirt intéressé ! D'autant que, si je ne suis pas homo, je ne pense pas non plus qu'elle le soit !

— Avec qui ? fais-je en prenant délibérément ma voix la plus candide et ouvrant de grands yeux éberlués.

*

Tandis que je recouche le petit monstre avant qu'il ne réveille son frère, je ne peux m'empêcher de laisser mon esprit s'interroger : qu'a bien pu entrevoir Béa ce soir ici pour tenter le tout pour le tout comme ça avec ses avances foireuses avant de partir ?

12 — BEA

Béatrice se couche sans enthousiasme dans son lit étriqué d'une place, les murs tapissés des mêmes fleurs fanées depuis les années soixante qui lui donnent la nausée. Il paraît que c'est la seule chambre disponible dans l'hôtel minable appartenant au beau-frère du lieutenant Billy. Il lui a également conseillé le restaurant de sa cousine où l'immangeable le dispute au crasseux. Il vaut mieux qu'il reste à la maison Poulaga, il est tocard comme guide touristique et la famille Billy, elle en a soupé. Et puis les flics en déplacement n'ont droit qu'à une minuscule enveloppe pour leurs faux frais.

Satané métier où il faut mendier la moindre broutille pour mener une enquête à bien. En parlant d'enquête, celle qui occupe tout son esprit en ce moment lui laisse un goût étrange.

Elle songe à cette communauté de toqués en retraite dans des conditions spartiates, cette apparence de retour à la nature et ce régime de purge. Derrière ce vernis de pureté Béa subodore une torture psychique peut-être masochiste mais pouvant tout de même réveiller les instincts sadiques de certains adeptes.

Et les victimes ! Le mot est-il approprié en parlant de Jiva, cette gourou inflexible qui a plutôt mis sur pied un camp de correction ? Béa connaît assez la nature humaine pour savoir qu'enfermement et privations développent la colère et la révolte.

Quant à Blanquaert, le Belge, c'est un autre genre. Que penser d'un type qui a les moyens d'investir dans un village de yourtes qu'il loue une fortune à la gourou et qui joue pourtant les cuistots miteux ? Il va jusqu'à défier Jiva à travers ses petits cadeaux faits aux participants sous le manteau. Une façon d'éprouver la résistance des adeptes ou une bravade envers sa locataire ?

Et pour terminer, l'assistante du Belge, Asunción Perez y Perez, qui boit opportunément l'eau empoisonnée d'une carafe destinée à Luc, l'un des adeptes et l'amant occasionnel. Ne serait-ce pas plutôt de Luc dont on veut se débarrasser ? Mais pourquoi vouloir liquider un petit prof d'anglais insignifiant ? Son épouse Isabelle, où se trouvait-elle au moment du meurtre ? Ce qui pourrait n'être qu'un crime d'opportunité d'une femme jalouse et lassée des infidélités de son mari. À moins qu'en traînant ses guêtres dans le camp, ce cher Luc n'ait vu quelque chose qu'il n'aurait pas dû voir. Par exemple l'assassin en train de noyer Jiva ou le Belge ! Ça semble plus cohérent.

Les paroles de Max, la taxi-girl lui reviennent en mémoire, à propos d'un client qu'elle a déposé près du camp. Qui est-il ? Que vient-il faire en pleine nuit dans ce trou perdu ? Une dernière question titille ses neurones, peut-être la plus délicate, existe-t-il ?

Lassée de l'inconfort de son matelas, Béa se retourne brusquement dans son lit et manque de peu de se vautrer sur le linoléum qui imite salement un répugnant parquet. Exaspérée et incapable de trouver le sommeil, elle se lève, se rhabille et décide d'aller marcher pour s'éclaircir les idées. Déambuler dans les ténèbres de lieux encore inexplorés l'aide à se poser les bonnes interrogations et à trouver les bonnes réponses.

Elle marche sans but précis, humant simplement l'air de cette nuit sans lune tout en exécutant des exercices d'assouplissement pour soulager ses vertèbres endolories. Des idées se bousculent dans sa tête. Et si cette affaire n'avait rien à voir avec les enquêtes précédentes qui la tiennent en haleine depuis tant d'années ? Si cet assassin après qui elle court sans discontinuer, ce tueur en série, n'était pas celui qui a frappé dans cette communauté ? Un doute l'assaille. N'est-elle pas trop dans l'affect pour pouvoir analyser sereinement les faits ?

Curieusement, ses pas la ramènent près du domicile de Max cette femme qui lui a fait un effet si curieux. Sympathique, presque affectueuse, qui paraît offrir son amitié sans contrepartie. Ou en prévision d'une requête pas encore exprimée.

Elle hausse les épaules, se moquant d'elle-même et de ses pensées saugrenues. Décidément ses penchants de flic ne la lâchent pas. Elle s'apprête à rebrousser chemin lorsqu'elle reconnaît le véhicule de Max, remonter la rue tous feux éteints avant de se présenter lentement devant son garage. Par réflexe, Béa s'abrite à l'angle d'une maison de manière à rester invisible en observant le taxi manœuvrer pour rentrer dans son box. Elle identifie parfaitement la silhouette de Max qui redescend le volet métallique aussi discrètement que possible. Pourtant cette dernière n'est pas censée sortir cette nuit puisqu'elle garde ses jumeaux à la maison, des mômes un peu trop jeunes pour se garder tout seuls d'ailleurs. Elle opine de la tête et la suivant des yeux pendant qu'elle referme sa porte silencieusement.

— Max, chère amie, on dirait bien que tu as des petits secrets que je vais devoir découvrir ! se dit Béa en tapotant ses lèvres de son index, puis elle reprend le chemin de son hôtel.

(Olivier DELCROIX)

13 — MAX

J'observe d'un œil distrait les jumeaux qui lancent des cailloux à la surface de l'étang, bien à l'abri derrière la balustrade en bois. Le Maître va être furax ! Non seulement je n'ai finalement pas tué la bonne personne, mais en plus, je reste convaincu que Béa, cette Capitaine de police, est toujours à l'affût. D'autant que je lui ai fait des propositions de visites et ça doit la titiller : je ne la connaissais pas il y a si peu et je lui suggère de la promener… Je vais devoir laisser passer un peu de temps avant de lui faire la moindre nouvelle offre.

Elle aura probablement senti quelque chose, mais n'étant sûre de rien, elle préfère peut-être peaufiner sa théorie avant d'agir en conséquence. Après tout, elle n'a pas débarqué de Paris pour rien et doit probablement être bien plus futée qu'elle ne veut le laisser penser. D'où ses avances foireuses avant de partir ?

J'admets que je suis tracassée : que va dire le Maître ?

Je suis en pleine réflexion à ce sujet quand je vois Béa fondre sur moi. Enfin, façon de parler car elle marche tranquillement, les mains dans les poches, mais bel et bien vers moi. Promenade pour s'éclaircir les idées ? Il me faut rester calme, parler posément de tout et n'importe quoi, afin qu'elle ne puisse pas avoir le moindre soupçon. En même temps, il lui faudrait faire le rapprochement entre le Maître et moi, et ce n'est pas gagné à mon avis…

— Bonjour Max ! Belle soirée, n'est-ce pas ?

— Je ne te le fais pas dire et j'en profite… D'habitude, il fait bien moins chaud et cette sensation agréable de sentir ce petit souffle de vent sur mes épaules, j'adore ! Au cas où ça ne durerait pas, je profite de cet instant présent.

— C'est agréable en effet. Dis-moi, une petite chose me trotte dans la tête : tu m'as dit être divorcée et avoir tes enfants en garde alternée, n'est-ce pas ?

J'acquiesce, tendue. Elle poursuit :

— Une semaine sur deux, ton taxi reste donc au garage et tu es à cent pour cent avec les jumeaux ? Je ne me trompe pas ?

— C'est exactement ça ! Mes jumeaux passent avant tout le reste. Et en effet, le taxi reste au garage… Repos bien mérité après une semaine souvent chargée et des visites en heures sup, si vous voyez de quoi je parle…

Elle sourit, d'un air entendu :

— On est bien d'accord. Mais j'ai eu, l'espace d'un instant, un petit doute. J'ai peut-être un peu plané quand on en a parlé lors de notre sortie. Et puis, tu sais, les flics veulent tout savoir sur tout, même si ça n'a rien à voir avec leurs enquêtes. Déformation professionnelle sûrement…

Mince, qu'est-ce qui a bien pu lui mettre le doute ainsi ? Prenant sur moi, j'élude :

— Je te laisse profiter de ce doux soir si agréable…

Elle s'éloigne. Je repense à mon retour, l'autre soir… Car si j'ai bien dit à Béa que mon taxi était au repos une semaine sur deux, voilà que maintenant elle revient à la charge. Et si elle m'avait vu sortir, et qu'elle se pose à présent des questions alors que j'aurais dû être avec mes deux loulous ? Même couchés, je ne sors jamais sans eux. C'est une règle que je me suis fixée. Mais cette fois-là, je n'ai pas eu le choix…

Je crois que me suis mise dans un sale pétrin.

Il y a urgence : il me faut parler au Maître et tenter d'expliquer cette grossière erreur de ma part. Mais j'en tressaille rien que d'y penser car il ne sera pas content, c'est certain ! Et c'est un euphémisme…

*

J'avance jusqu'à l'autel et allume l'une des deux bougies. Un genou à terre, je me lance :

— Maître, j'ai failli dans ma mission ! Je ne suis plus digne de faire partie des vôtres. Votre confiance à mon égard a été bafouée ! Faites de moi ce que bon vous semble. Vous êtes le seul à pouvoir me choisir une sentence méritée. Mais permettez-moi une dernière requête : il faut régler tout cela avant que la Capitaine comprenne ce que j'ai fait et me mette sous écrous, je ne le supporterai pas de laisser mes enfants !

— Tu as en effet failli à ta mission ! souffle la voix du Maître. Tu devrais normalement être châtiée mais je sais reconnaître la qualité de ton travail, depuis bien longtemps.

— Merci Maître ! Je ne sais comment vous remercier d'une telle mansuétude ! Demandez-moi ce que vous voulet et je m'y tiendrai…

Le Maître s'est montré inflexible : Luc est encore en vie… et il me faut y remédier avant qu'il ne parle à la police de ce qu'il peut avoir vu.

*

Je me voyais bien mal partie mais mon Maître est bon. Depuis notre entretien, je ne cesse de me le répéter : « Mon Maître est bon ! ».

Seulement, il me faut désormais lui montrer que je suis à la hauteur de ses attentes, et surtout ne pas le décevoir. C'est bien là le problème : inviter Luc à une petite promenade nocturne ne sera pas chose aisée, d'autant que je l'ai aperçu dialoguer avec Béa ; ça sent le roussi pour mon plan si je ne veux pas être démasquée par ce genre de négligence de ma part… Autre chose et vite !

Moi qui aime prendre mon temps pour parachever les moindres détails, suis mal barrée ! Allez Max, : remue tes méninges, tu n'en es pas à ton coup d'essai, bordel… Quelle solution pour occuper Béa afin qu'elle ne me piste pas le temps d'une soirée ?

Une réunion de Capitaines pourrait bien faire

l'affaire... Tenter de les réunir loin de moi, c'est une idée. Ne serait-ce que deux ou trois heures suffiraient !

Je cogite un moment pour provoquer cet entretien qui doit me laisser le champ libre pour supprimer Luc qui m'entrave... Puis, résolue, je me lance : deux notes vont leur être déposées pour les informer qu'une source anonyme a découvert quelque chose de suspicieux au bord de l'eau, là où la gourou a été retrouvée. Pour sûr, ils vont s'y rendre !

Quant à Luc...

Je vais devoir faire preuve d'un peu d'originalité car je ne suis pas une dragueuse née, même si j'ai cru comprendre qu'il ne semble pas si attaché que ça à son épouse... Et de plus, pas le temps de mettre en place un savant stratagème pour le noyer, celui-ci ! Il a déjà échappé également à l'empoisonnement via sa bouteille d'eau. Donc, dans l'urgence, pas le choix : j'ai appris, il y a peu, qu'en piquant pile-poil sous le pancréas avec une lame fine – mais suffisamment longue – on pouvait tuer une personne en peu de temps et sans douleur. Je n'ai plus qu'à bien me vérifier et préparer les petits détails pour que tout se déroule comme je l'imagine.

Le Maître va adorer...

(Olivier DELCROIX)

*

J'ai pris ma voix la plus enjôleuse (ça, je sais faire) en entamant la discussion avec lui près de sa yourte et rapidement, nous avons pris la poudre d'escampette comme deux ados en fugue et nous voici dans ce bar-lounge qui sert de ces cocktails « divins ». Je m'assieds à côté de lui, et non en face, sinon mon forfait ne sera pas possible. Le coup de la « fraîcheur du soir », ça fonctionne, sur Luc…

La technique que je compte utiliser ne laisse pas la moindre trace donc pas de risque de me voir accusée de l'avoir tué. Il va mourir à mes côtés d'une hémorragie interne sans que personne ne puisse se douter de quoi que ce soit. Je suis sans pitié, mon Maître que je vénère tant !

Et je fais quoi de cette lame après ?

Il me faut la cacher : le temps que l'autopsie mentionne une hémorragie interne, j'aurai le temps de la récupérer et de m'en défaire. Yes, je me lance.

— Que me suggérez-vous, Luc ? Vu la quantité de cocktails, j'avoue que je suis un peu perdue…

J'ai horreur de ça mais faire la godiche, ça marche,

souvent… Je me penche un peu sur lui, pour regarder la carte avec lui. Et, posant ma main sur sa cuisse pour détourner son attention, je pique juste à l'avant des premières vertèbres, dans l'abdomen, là où normalement il ne sent rien. Il m'affirme :

— « Les yeux bleus » est apparemment une excellente boisson à base de curaçao…

J'enfonce doucement ma lame avant de la retirer et la cacher discrètement derrière nous, sous les coussins, en lui assurant :

— Je vous fais confiance ! J'espère ne pas être déçue !

Je reconnais que dans ce genre de situation, j'excelle plus que tous ! Dans trois minutes à peine, il sera dix-huit heures. Et dans moins de cinq, Luc va rejoindre le paradis blanc sans se rendre compte de quoi que ce soit. Nos cocktails arrivent. Timing parfait…

Et alors qu'il lève son verre pour trinquer, un habitué (un gars avec un canotier vissé sur la tête qui lui donne l'air d'un touriste égaré) s'approche de nous et nous dit que l'on a l'air de jeunes mariés… S'il savait !

Brusquement, sous nos yeux, la tête de Luc tombe vers l'avant et s'écrase sur son verre qui se brise. Par réflexe, je lève très brièvement les yeux vers l'horloge, au mur :

dix-huit heures deux. Je souris par-devers moi : j'ai réussi… Et sans que personne ne s'en doute, Luc est mort pile-poil à la bonne heure, comme prévu : dix-huit, zéro, deux, la masse molaire de l'eau…

14 — LÉOPOLD

Il est vingt et une heures et son téléphone sonne. À l'appareil, c'est son amie Béatrice Caltrin, apparemment elle a envie de parler de la pluie et du beau temps. Léopold lui sert donc à la demande, quelques banalités, mais il sent bien que quelque chose ne tourne pas rond. Inutile de la cuisiner bien longtemps. Il sait que quelque chose la chiffonne et elle sait bien qu'il le sait. Ce n'est pas à un vieux singe qu'on apprend à faire la grimace, lui dit-il malicieusement. Béa a un petit rire qu'il partage plaisant. La pauvre est encore en train de s'arracher les cheveux sur l'une de ces affaires sordides qu'on s'est fait une spécialité de lui refourguer.

— Encore un gugusse qui s'est fait dessouder dans une secte non ?

— Non, pas un, quatre ! le corrige-t-elle. Dont un

découvert aujourd'hui même et dont on ne connaît même pas la cause exacte du décès.

Léopold l'écoute avec attention. Lui, jouit à 83 ans d'une retraite bien méritée, mais c'est en résolvant des affaires de cet acabit qu'il est devenu ami avec cette chère Béa. Il sait qu'elle a perdu son petit ami dans des circonstances similaires. Lui Léopold, c'est tout son village en Afrique de l'Ouest qui a, à l'époque, été exterminé sans qu'on ne sache vraiment par qui ni pourquoi. Officiellement des esclavagistes locaux, ou une rivalité interethnique. Officiellement, il ne dit rien d'autre, mais il se souvient bien et il n'oubliera jamais. Une entité du nom de S'touna, il l'avait vue sous la forme d'une très belle femme. Et il était alors parvenu à s'enfuir et avait gagné la France avec l'un de ses oncles. C'était dans son enfance, mais depuis il est devenu médecin, médecin légiste plus exactement. Le Docteur Léopold Diouf. Béa et lui sont l'un et l'autre obsédés par un mystère qu'ils ont à cœur de résoudre et ça les a souvent unis malgré leur différence d'âge. Béa a juste besoin de parler. Léopold, dans sa retraite n'a qu'une pile de bons bouquins à lire, alors il lui propose un peu d'aide. Dans sa vie active il s'est taillé une solide renommée alors, malgré son âge, on le sollicite encore parfois pour des enquêtes, ou alors pour des bouquins. Mais là, il n'a rien de plus important à faire. Béa fait semblant de le laisser la prier, et puis elle accepte. Lui sait bien qu'en fait, elle n'attend que ça.

Léopold achète donc immédiatement par Internet un billet de TGV et réserve un taxi pour le lendemain matin. Un peu d'action ne lui fera pas de mal !

Et puis... Une fois sur place, il commencera par aller examiner les corps, ce qu'il sait le mieux faire et après, il avisera.

Après deux longues heures de TGV, voilà presque une heure que le taxi qui l'a pris à la gare serpente dans la campagne sur des routes cahoteuses. Béa lui a donné rendez-vous au funérarium où sont entreposés les corps. Elle y sera à quatorze heures avec un certain Capitaine Billy de la gendarmerie locale. Le chauffeur lui parle de tout et de rien, Léopold lui répond de temps à autre, histoire de ne pas se montrer désagréable. Pourquoi se rend-il dans un centre funéraire (simple curiosité) ? Léopold répond qu'il est médecin légiste à la retraite et qu'on a sollicité ses lumières. Le chauffeur en reste pantois, puis il se met à lui parler de la dernière série policière qu'il a vue à la télé. Léopold trouve cela parfaitement ennuyeux, mais, avec cinq minutes d'avance, le taxi arrive finalement à destination.

Béa le voit descendre et se précipite vers lui. Léopold coiffe son vieux feutre noir et prend sa canne, tandis que le chauffeur sort sa valise du coffre.

Béa est heureuse de le voir. Lui aussi il est heureux de la voir. Lui la tutoie, alors qu'elle n'y est jamais arrivée. Et puis il y a le Capitaine Billy. Pas d'effusions ! Léopold n'est pas venu pour ça ! Léopold exige immédiatement un point complet sur l'affaire et après seulement il ira examiner les corps.

Le Capitaine Billy a l'air mal à l'aise. Béa qui dans le temps a travaillé avec lui, a au contraire l'air amusée. Elle le connaît bien, le vieux Docteur Diouf !

Le Capitaine Billy prend la valise du vieil homme et paye gracieusement la course tandis que Béa le conduit vers la morgue.

Léopold a une drôle d'impression. Il se retourne. Béa demande ce qui se passe. Il ne répond pas.

— Il y a du monde ici à part nous deux ?

— Il y a le Capitaine Billy et les deux agents en faction, peut-être un ou deux membres du personnel du centre funéraire, mais à part ça non je ne crois pas.

— J'ai l'impression qu'on nous observe. Une drôle d'impression ma chère petite Béa. Comme si quelqu'un ou quelque chose m'attendait, moi, ici et maintenant.

— Moi je vous attendais Léopold... lui sourit Béa en posant négligemment la main sur son arme de service.

Le Docteur Diouf a une réputation, celle d'être sacrément observateur et elle n'a eu que trop d'occasions de le vérifier pour ne pas se méfier de ses pressentiments.

— Laisse ton arme Béatrice, elle ne te servira à rien. Allons plutôt examiner ces corps de plus près !

15 — *LE MAITRE*

Les esprits de ses chers petits morts se débattent misérablement entre ses griffes. Il les croque, doucement, il les goûte, ils hurlent sans que personne ne les entende. Cette morgue est devenue sa tanière, l'endroit où il se nourrit de toutes ces âmes. Sa perception est fine. Très fine.

Il voit deux personnes s'approcher de ce lieu où il est occupé à se nourrir.

Il y a la grande fliquette qui s'est approchée de sa chère petite Max. Il voit le Capitaine Billy qui se tient en retrait ; et avec la fliquette, un vieux monsieur. Oui, c'est bien lui ! Ils s'étaient déjà croisés plusieurs fois. C'est un homme intelligent. Aucun détail ne lui échappera. Avec lui dans les parages sa petite Max court un très grand danger. Il sort de la morgue sans que personne ne puisse s'apercevoir de sa présence.

Mais si !

Le vieux bonhomme se retourne sur son passage. Il sait que le vieil homme a ressenti sa présence. Il se délectera de son âme en temps voulu, mais en attendant. Il lui faut aller voir sa servante.

— Max, ma chère petite Max. Viens me voir il me faut te parler...

Elle est en train de torcher ses deux morveux, mais lui, le Maître, s'en fout royalement. Max est sa servante et elle doit obéir. « Maman ceci, maman cela... ». Le Maître sait qu'elle l'entend, mais les deux têtards ne lui laissent pas un instant de liberté. « Mes amours il va me falloir vous laisser un petit moment, mais je reviens tout de suite ! », leur dit-elle finalement en allumant la télé sur une chaîne pour enfants. « Maman, pourquoi ? Où tu vas ? J'ai envie de faire pipi ! »

— Max, ton Maître s'impatiente !

Il la voir frémir. Il la voit paniquer. Les deux monstres ne la lâchent pas d'une semelle. Même si la télé est allumée il sait qu'ils vont la suivre. Max se confond en *excuses par la pensée. Le Maître perçoit toutes ces pensées et il s'en amuse. Il la sent stressée et il se délecte de son stress. Il la sent paniquée et se délecte de sa panique.*

— Max. Enferme ces deux crétins à clef dans leur chambre et viens me rejoindre ! Il me faut te parler de toute urgence.

— Oui Maître, j'arrive ! pleure-t-elle finalement tout en se rendant dans sa pièce secrète et en allumant les deux bougies autour de l'amulette.

— Max, je t'attends.

— Je suis là Maître, je vous écoute !

— Bien ! Max tu cours un grand danger ! Béatrice Caltrin. Il te faut impérativement la supprimer !

— Béa ? Mais...

— Tu vas l'appeler immédiatement ! Tu vas lui dire de venir chez toi au plus vite. Tu vas lui dire que tu as des informations à lui révéler, mais attention ! Elle se doute de quelque chose ! Elle se méfiera. Et tu la tueras. Tu laisseras l'amulette sur ta table basse sur une petite nappe et tu allumeras deux bougies de part et d'autre pour que je puisse t'aider.

— Deux bougies, mais Maître...

— *Tu vas faire ce que je te dis et tu vas le faire immédiatement. Tu laisseras tes enfants enfermés dans leur chambre. Et quand elle te posera des questions sur l'amulette tu te jetteras sur elle avec un couteau de cuisine.*

— *Mais Maître...*

— *Fais-le immédiatement !*

Max, tremble comme une feuille. Cette mission sera difficile et elle le sait. Elle lui sera certainement fatale. Elle le devine, mais il la voit s'exécuter sans poser de question. Elle dispose un linge blanc sur sa table basse et y pose l'amulette et les deux bougies... Puis une bouteille de vodka dont elle vient d'avaler plusieurs lourdes lampées pour se donner du courage. Elle passe le coup de fil demandé. Il la voit trembler encore plus fort en posant un lourd couteau de cuisine sur l'une de ses étagères.

Encore trois ou quatre grosses lampées de vodka et on sonne à la porte. Le Maître entend les deux moutards appeler leur mère, mais Max n'entend pas. La grosse Béatrice rentre. Max reste silencieuse, elle se dirige vers son salon. La grosse Béa a l'air dans l'expectative. Elle ne dit rien non plus. Elle voit l'amulette entre les deux bougies.

— Max ! C'est quoi ton plan ? Et c'est quoi ce truc sur ta table basse ? Tu m'as pas invitée à une séance de magie noire j'espère !

Pour max c'est le signal. Elle se saisit de son couteau de cuisine et elle se précipite sur le Capitaine Caltrin qui sort immédiatement son arme et tire à bout portant. Max s'effondre. Dans un dernier souffle de vie, elle jette sur le Capitaine de Police cette bouteille de vodka qui se brise sur la table basse emportant dans sa chute l'une des deux bougies. Prise de curiosité, le Capitaine Caltrin se saisit de l'amulette, mais la vodka répandue à même le sol ne tarde pas à s'enflammer, et avec elle le vieux canapé de grosse toile.

Il sent l'angoisse monter chez la fliquette. Toute la baraque ne va pas tarder à s'enflammer. Le Maître entre en son esprit. Elle n'entend plus les deux têtards enfermés dans leur chambre que les coups de feu ont fait pleurer. Elle ne les entend pas appeler leur mère.

— Béa, Béa, va t'en vite d'ici ! Toute la maison va brûler !

Elle ne réfléchit pas un instant. Elle est stressée. Elle a tué. La maison brûle.

— Béa, Béa ! Sors vite d'ici !

Béatrice, prise par le flot de ses émotions, sort de la maison. Le canapé brûle comme une torche et le feu se repend vite. Béa sort au plus vite ; et saute dans sa voiture et elle retourne à son hôtel où elle s'allonge sur son lit en sueur. L'amulette se trouve toujours dans la poche de sa veste. Elle la prend. Elle la regarde.

— Béatrice.

— Qui êtes-vous ? crie-t-elle en se pressant les mains contre les oreilles.

— Béatrice, je suis le Maître, et à présent c'est toi qui vas travailler pour moi.

16 — BEJANA

Ce sont des coups répétés, rythmés comme ceux d'un rituel vaudou, qui tirent Béa de son sommeil. Elle met quelques secondes à réaliser que le tambourinage est dans sa tête. Il n'est que dans sa tête. Et pourtant, il est omniprésent, comme s'il emplissait tout l'espace autour d'elle. Elle n'a pas encore ouvert les yeux mais sent déjà poindre le mal de tête lancinant... avec, en arrière-plan, ténu mais bien présent, trois syllabes qui tournent en boucle. Toujours les mêmes, bien qu'elle s'efforce tant bien que mal de les occulter.

Béjana... Béjana... Béjana...

Elle sert les dents, fronçant les sourcils, et tente de se concentrer sur autre chose. Elle ouvre les yeux, pour donner à son cerveau autre chose à gérer, pour le nourrir avec la réalité de cette fichue chambre d'hôtel. Son regard accroche les grands yeux en boutons de la petite poupée, vraisemblablement fabriquée à la main avec des matériaux de récupération, qui trône sur le meuble basique qui sert de table de nuit. Décidément, tout ce qui est petit n'est pas forcément mignon...

Béjana... Béjana....

La grande bouche cousue de travers, ses cheveux hirsutes vert bouteille et les couleurs marronnasses de son corps difforme d'amulette à deux balles lui filent la gerbe. À moins que ce ne soit cette satanée infusion qu'elle aurait dû refuser de boire hier chez Max. Comment a-t-elle appelé ça ? Maté ? Yabé ? Nagé ? Peu importe. C'était dégueulasse, pour commencer. Et en plus, elle a des nausées terribles depuis qu'elle est rentrée se coucher en sueur. Sans parler des hallucinations... Quelle personne saine d'esprit prépare tranquillou-bilou dans sa cuisine des décoctions immondes à base de plantes improbables (et psychotropes !) pour ensuite les proposer à ses invités ? Bon, OK : en même temps, elle a été assez stupide pour boire le truc en question sans savoir de quoi il retournait exactement. Et elle n'aurait peut-être pas dû non plus mélanger ça à la vodka, c'est vrai. Mais la bouteille était sur la table basse, et il lui fallait faire passer le goût persistant et atroce de la satanée infusion amère. Max avait l'air de bien tenir le choc, elle...

Ça lui apprendra, à croire qu'à cinquante piges, elle peut encore se permettre ce genre de fadaises !

Béjana... Béjana... Béjana...

Béa secoue brièvement la tête, pour chasser la litanie et le tam-tam, et décide de faire l'impasse sur ses exercices quotidiens et d'aller prendre une douche. Si elle arrive jusque-là sans se gameller, ce qui n'est pas gagné de prime abord... Elle la retient, Max, avec ses « petites plantes pour le soir » !

Elle a à peine mis un pied au sol que son portable sonne sur la table de chevet. D'un geste mal assuré, elle fait glisser son doigt sur l'écran pour décrocher.

— Béa Caltrin... fait-elle d'une voix qui semble ne même pas lui appartenir.

— ...

— Quoi ?

Elle a dû mal comprendre. D'ailleurs, le son est plutôt mauvais, ce qui ne l'aide pas vraiment avec la migraine qu'elle se tape. Et Octave Billy ne semble pas décidé à parler moins vite.

— ...

Béjana... Béjana...

— *Oh ta gueule, toi !* pense-t-elle sans même sans rendre compte, essayant de ne pas perdre le fil de ce que le Capitaine lui déballe.

— ...

— Comment ça, plus rien ? lâche Béa en ouvrant des yeux effarés. Et les petits ?!

Elle a même l'impression de dessoûler dans la seconde tant l'info est saisissante. Ses yeux se posent de nouveau sur la poupée-statuette et son gros visage figé au sourire tordu. D'un geste nerveux, elle lui plaque la tête contre le mélaminé et se détourne.

— ...

— J'arrive, Capitaine.

— ...

— Non c'est bon, je sais où c'est.

— ...

— Oui, oui... J'ai bien compris. Je fais au plus vite !

*

Les murs, noirs. Une toiture béante. Le garage est

ravagé aussi, avec des amas fumants... Et une odeur terriblement âcre qui prend au nez, quand on approche. C'est tout ce qu'il reste de la maison de Max.

Béjana... Béjana...

Béa soupire. Lasse. À neuf heures dix du matin. La journée va être longue...

— Un voisin vous a vue hier soir... l'accueille Billy.

— Pardon ?

Elle n'a vu personne, hier soir, hormis Max, et... et à vrai dire, elle ne se souvient pas de grand-chose, du moins pas de la réalité, lui semble-t-il. Elle ne sait même plus comment elle est rentrée. Certainement en taxi, puisque c'est comme ça qu'elle était venue de base... Mais pourquoi a-t-elle le vague et lointain souvenir d'avoir sauté dans sa voiture pour partir brusquement ? Elle n'a pas de voiture ! Bon, en même temps, elle a également le vague et lointain souvenir de s'être entretenue mentalement avec Paryaqaqa, dieu inca de l'eau et des averses, qui d'ailleurs ressemblait étrangement à un homme-faucon... C'était vraiment de la bonne, comme on dit !

— Béa ? la rappelle à l'ordre Billy.

— Je suis là !

— Pas vraiment, on dirait... La nuit a été compliquée ?

— Ça va ! élude-t-elle. Juste un mal de crâne. Qui m'a vue ? Et quand ?

Le Capitaine lui désigne un homme, derrière les rubalises.

— Un voisin. La description qu'il a donnée vous correspond en tout cas. Et il dit que Max, enfin Maxime Sénéchal, vous a appelée par votre prénom quand elle vous a ouvert.

Il consulte ses notes, tandis que Béa tente de rassembler ses idées et, surtout, de les trier. Mais toute la soirée est en joyeux bordel dans sa tête et tirer le vrai du faux semble clairement utopique...

Béjana... Béjana...

Elle ferme les yeux une seconde, et essaie de se concentrer. Le tambourin est moins présent, il s'estompe, c'est déjà ça.

— Vers vingt-et-une heures quinze, qu'il dit... reprend le Capitaine. Vous confirmez ?

Béa hoche la tête ; ça correspond. Enfin, elle croit. De mémoire, elle a dîné vers vingt heures, d'un jambon-beurre à moitié rance qu'elle a vomi cette nuit.

Béjana...

— On en est où, pour les corps ? demande-t-elle.

— Toujours rien.

— Faites venir Léopold !

— Le Docteur Diouf ? Pourquoi ?

— Une intuition... Et le cureton défroqué de la secte.

— Le vieil Hervieux ? Qu'est-ce qu'il a à voir là-dedans ?

— C'est confus, et je reconnais que moi-même j'aurais du mal à me faire confiance vu mon état ce matin, mais Max m'a parlé de l'Islande, hier. Des fjords et des aurores boréales. Et d'une plage de sable noir.

Elle cherche dans ses souvenirs et enchaîne :

— Et d'une créature maritime baleine-cheval qui...

— Ah oui, quand même !

Béa le fusille du regard et reprend :

— Il en vient, ce type ! Il s'est exilé là-bas, non, ces dernières années ?

— C'est... alambiqué, Béa...

— Peut-être, mais ça me revient maintenant. Et je suis presque sûre que c'était bien réel. C'était avant qu'on boive ce truc...

— Quel truc ?

Béjana...

— Laissez tomber, je ne me souviens même plus du nom, mais croyez-moi sur parole : c'était du dernier dégueulasse et je ne vous le conseille absolument pas !

— Donc je dois faire venir ici le vieux cureton défroqué parce qu'il habite en Islande et que Max était bien barrée hier soir après avoir bu un « truc dégueu » ? C'est complètement tiré par les cheveux !

— Présenté comme ça... marmonne Béa.

— Heureusement qu'elle n'a pas parlé de Trump ou de l'ISS ! J'aurais été bien emmerdé pour les faire venir ! lance-t-il avec un petit rire.

Béa prend sur elle pour ne pas lui adresser un geste de la main atrocement vulgaire. Même s'il faut avouer que ce qu'elle dit ne semble pas faire vraiment sens. C'est vrai. Mais merde ! Elle fait ce qu'elle peut pour essayer d'y voir clair dans ses souvenirs embrumés...

Elle lâche :

— Faites au moins venir Léopold. J'ai oublié mon portable à l'hôtel. Vérifiez mon arme ! ajoute-t-elle en tendant son Sig[1] à Billy qui la regarde comme si elle venait de lui pourrir son week-end de repos en tombant malade

---

[1] diminutif du Sig Sauer SP2022, arme de la police française.

le vendredi à dix-huit heures.

— Ça va, Capitaine ? l'interroge-t-il, perplexe.

— Et si quelqu'un a une boîte de paracétamol, j'suis preneuse !

*

Béjana...

Béjana...

Béjana...

— Ils ont retrouvé les corps ? se renseigne Béa au moment même où le Capitaine entre dans son bureau où elle s'était posée pour être un peu au calme.

— Que dalle. Rien. Nada. La maison était vide apparemment quand ça a flambé.

Béjana...

— Comment ça, vide ?!

Béa se souvient du départ du feu. Elle a toujours assez

mal à la tête mais elle se souvient ! Du moins elle croit : les bougies, la vodka. L'amulette... enfin la statuette-poupée à grosse tête qui est finalement sur sa table de chevet ! Et les gosses, à l'étage...

— Vide comme inoccupée... Apparemment le garage aussi était vide, enfin, j'veux dire, sans voiture.

Elle le fixe, abasourdie. *Où est passée Max ? Et les jumeaux ?*

Béjana...

Béjana...

— Vous devriez rentrer vous reposer, Capitaine Caltrin : vous n'avez franchement pas bonne mine et les cadavres de la secte ne vont pas s'enfuir de la morgue !

Elle fait signe que non. Il poursuit :

— Votre ami Léopold est passé là-bas, comme vous l'aviez préconisé. Il dit qu'il n'a rien perçu de particulier. Il perçoit des trucs, ce type ?! Quel genre de trucs, exactement ?

— Laissez tomber...

— Café ?

— Long, sans sucre.

— Ça marche ! fait-il en sortant.

Béjana...

— *Bordel !* hurle-t-elle mentalement. *Je suis Béa ! Je suis Béatrice, pas Béjana ! Béjana est morte quand j'ai quitté Haïti où je suis née... Et je ne crois certainement pas au vaudou ! Béatrice. Plus Béjana ! Pas compliqué ! Et ce n'est pas cette fichue décoction de plante qui y changera quoi que ce soit !*

Trois jours plus tard...

17 — LEOPOLD

Il est presque vingt-deux heures. Il est assis à côté d'elle depuis un certain temps ; et depuis tout ce temps, elle ne lui a pas dit un mot. Il la voit passer silencieusement des rires aux larmes, perdue dans ses pensées. Cet incendie l'a marquée, pauvre Béatrice.

Il reste assis à côté d'elle. Il regarde de loin les participants de ce « *stage* » réunis autour d'un feu de camp. La coupable a été identifiée. Oui, elle l'a été. La chauffeuse de taxi. Cette femme qui habitait la maison incendiée dont on n'a pas retrouvé le corps.

Il lui dit un mot à l'occasion. Mais elle ne répond pas, ou alors elle répond à côté, comme si elle n'avait pas entendu, ou comme si elle parlait en esprit à une autre personne.

Pauvre Béatrice !

Pourquoi sont-ils d'ailleurs assis là tous les deux ? Léopold a soigneusement examiné les corps des quatre victimes. Dans un premier temps, il n'a rien constaté d'extraordinaire. Dans un premier temps... Et puis il a fait sa petite enquête auprès des participants. Innocemment. Il n'est pas de la police. Il est même à la retraite. Avec tact, avec douceur. Il a rassuré plus qu'il n'a fait peur, vieux sage africain, improbable croisement entre un Morgan Freeman et un Maître Yoda qui sait à merveille jouer de cette ambivalence.

Léopold essaie de la sonder. Béatrice est-elle prête à entendre ce qu'il a à lui dire ? Il hésite. Il la regarde sombrer à nouveau dans un fou rire ou un accès de mélancolie.

Curieuse idée que ce feu de camp d'ailleurs. Les stagiaires ont été informés que l'enquête était close et qu'ils pourraient dorénavant rentrer chez eux. Léopold, on l'a invité comme ça, parce que c'est un homme discret, cool et sympa. Tous savaient bien qu'il enquêtait à sa manière... Mais pas comme un flic de base.

Il est là. Mais il assiste de loin à la petite fête. Il a pu tous bien les connaître. Il lui a semblé comprendre que l'ancien prêtre en pinçait secrètement pour le peintre... Et que c'était plus ou moins réciproque. Curieux d'ailleurs son dernier dessin ! Léopold l'a discrètement photographié avec son smartphone. Là aussi il y a un petit détail à côté duquel tous les enquêteurs semblent être joyeusement passés. Un petit détail tout à fait insignifiant... Un petit détail qui concorde horriblement avec celui qu'il a découvert sur les quatre cadavres. Tiens ! Il voit justement Anne s'approcher de lui un pic à Chamallows à la main.

— Hé Monsieur Léopold ! Vous devriez venir goûter ce que je viens d'inventer ! J'appelle ça des cornichamallows : je mets un cornichon dans un Chamallow et je fais griller au feu c'est trop bon !

— Non merci mademoiselle Anne, répond calmement Léopold. Je n'ai pas très faim et il me faut rester avec l'agent Caltrin.

— C'est vrai qu'elle a l'air bizarre ! Vous savez ce qui lui est arrivé, monsieur Léopold ?

— Hélas non. Mais il me faut rester avec elle. Sachez en tout cas que j'apprécie beaucoup votre invitation !

Anne a un petit sourire, puis elle retourne autour du feu pour faire découvrir sa trouvaille aux autres participants.

— Apparemment, elle est la seule à apprécier ! rit Béatrice.

— Des cornichamallows ! C'est vrai qu'il fallait y penser.

Léopold et Béa partagent un petit rire, puis Béatrice retourne à sa torpeur.

Léopold croit l'entendre prier quelqu'un tout bas de sortir de sa tête, de la laisser tranquille. Il y a les clameurs du feu de camp. Et puis... Léopold a perdu un peu d'audition... Mais plusieurs fois il croit l'entendre chuchoter. Parfois en français... Parfois en créole... Cela correspond. Tout cela il l'a consigné avec précision sur son carnet pour le donner à Béatrice. Ce petit carnet, il le tient dans sa poche. Il le manipule nerveusement.

La petite tache vaguement triangulaire sous le talon droit des victimes... Les quatre petits triangles pleins dessinés à la droite du dessin de l'artiste... Et les deux autres non coloriés à la gauche de la feuille... La voix qui semble s'être emparée de l'esprit de son amie Béa.

Tout cela concorde !

Elle n'est pas prête à l'entendre. Elle n'est pas prête à entendre ce qu'il a à lui révéler. Et l'agent Billy non plus d'ailleurs ! Lui n'entendra rien à ces choses-là !

Tiens ! L'artiste justement s'approche du vieux curé. Béatrice pose la tête sur son épaule.

Léopold sursaute. Une présence… Il a senti comme une présence quand Béa a fait ce geste pourtant anodin. Elle a juste besoin de se reposer sur son épaule amicale, mais…

Cela est impossible ! C'est impossible !

Son village dans son enfance ! La mort qui les avait tous frappés ! La petite marque sous leur pied droit.

C'était la troisième fois que Léopold… Non !

Il a tout consigné sur son petit carnet, mais non ! Il sent que quelque chose ne va pas !

Il essaie de dire quelque chose à Béatrice, mais elle est encore dans une horrible phase de torpeur !

Il se lève. Il essaie de lever les bras en l'air, mais il n'y arrive pas.

Béatrice semble rire. Léopold entend frénétiquement ce rire. Il l'entend. Sonore. Grave. Celui d'une femme. Celui d'un homme. Léopold sait que ce n'est ni un homme ni une femme !

Il revoit son village dans son enfance. Il revoit cette femme s'avancer vers lui. Il entend à nouveau le vieux missionnaire lui hurler de courir aussi loin que possible avant que ses cris ne se transforment en des imprécations... Puis d'abominables borborygmes.

Dire une phrase simple... Impossible. Marcher jusqu'au feu de camp.

La moitié de son visage est paralysée.

Dire une phrase simple... Impossible ! Impossible !

Il voit les doigts de l'ancien prêtre frôler ceux du peintre. Il voit Anne savourer ses cornichamallows avec une délectation infinie. Il voit sa vue se troubler... Dangereusement.

Son carnet à la main.

Avancer vers le feu de camp. Dire une phrase simple... Impossible.

Son carnet tombe aux pieds d'Anne. Elle le prend. Elle le regarde.

Lever les bras au ciel, dire une phrase simple...

Tout le monde le regarde. Anne est absorbée par la lecture de son petit carnet.

Tous se lèvent en le regardant avec angoisse...

Les rires dans sa tête... Les rires dans sa tête... Les rires dans sa tête...

Béatrice n'est pas prête pour entendre ce qu'il a à lui

dire... Et l'agent Billy encore moins.

Dernière pensée avant que sa vue ne se trouble, que ses jambes pourtant encore alertes ne l'abandonnent et qu'il ne perde connaissance.

18 — Daniel

Un vrai bordel...

Tout est allé assez vite, en fait, quand Léopold est tombé. Enfin, tout s'est enchaîné assez vite, j'veux dire ! Beaucoup se sont précipités vers lui, créant une sorte de mouvement de panique dans la clairière autour du feu. Dans l'affolement général, c'te cruche d'Anne est tombée également, poussant Léandre que j'ai aidé à se relever. Pendant que la Capitaine Caltrin a – un peu vainement, il faut l'avouer... – essayé de prendre les choses en main pour calmer tout le monde en attendant les secours qu'elle avait appelés pour son ami Léopold, l'Anne poussait des cris de paon. J'ai d'abord pensé qu'elle s'était foulé l'un de ses vilains pieds palmés et, prudemment, je me suis un peu écarté pour m'éviter des cauchemars cette nuit. Mais elle bramait « Le folio flambe, le folio flambe ! ». J'ai mis quelques secondes à percuter qu'elle parlait d'un carnet (elle affectionne les termes un peu désuets, par moments, comme si ça lui donnait un air plus malin, alors qu'elle ne les maîtrise pas tout à fait). Carnet tombé au feu dans la bousculade et qu'on n'a pu tirer des flammes malgré ses suppliques. Bon, on n'y a peut-être pas non plus mis toute notre énergie, c'est vrai aussi... D'autant que l'urgence principale, c'était quand même Léopold qui nous faisait visiblement un bel AVC.

La Capitaine Caltrin exhortait tout le monde à reculer pour laisser de l'air à son ami Léopold. Aussi, quand j'ai vu que Léandre examinait à la lueur vacillante des flammes son bras écorché, je l'ai entraîné avec moi vers la yourte « Bienveillance » (quel nom à la con...) que j'occupe avec mon emmerdeuse. De toute façon, personne n'a prêté attention au fait qu'on s'éclipsait, accaparés par les cris de l'autre hystérique-palmée et le malaise de Léopold. L'emmerdeuse, quant à elle, était à coups sûrs en train d'essayer de conclure dans une autre yourte avec cette quinquagénaire brune qu'elle s'évertuait à détourner depuis plusieurs jours : j'ai bien vu qu'un rapprochement s'opérait enfin ce soir, entre deux bières autour du feu ! Il semblerait que la seule qui ne soit pas parvenue à se rapprocher de qui ce soit, en somme, c'est bel et bien l'Anne ! Mais peu m'importe... J'vais pas me dévouer, non plus ! D'autant qu'il me semble que mon jeune blessé n'est pas complètement hermétique à l'idée que...

Bref ! J'ai un bras à désinfecter et à panser. Avec les moyens du bord. J'ai bien un p'tit côté MacGyver, mais honnêtement, avec ces conneries de minimalisme spirituel de mes deux, je n'ai pas la moindre bouteille d'alcool fort, même planquée sous mon rudimentaire bout de matelas.

— Laisse tomber, Daniel. Je pense que je vais réussir à survivre... marmonne-t-il en frottant son avant-bras avec un tissu mouillé que je lui ai filé. Si cette grosse nouille ne m'avait pas bousculé, je m'en sortais très bien dans cette cohue !

— Si ça saigne encore, on va déchirer une bande du drap de mon lit pour bander en attendant de...

— On voit vraiment que dalle, avec leurs lampes tempête foireuses ! râle-t-il en s'asseyant sur le bord du lit de camp pour s'approcher de la lumière sur la table de chevet.

— Je t'accorde qu'on veille les morts ! Sans jeu de mots !

— J'ai une sacrée écharde au bras...

— Montre... dis-je en m'installant à côté de lui, glissant ma main sous son poignet.

— Vraiment un camp de merde... bougonne-t-il pendant que je tente de sortir l'écharde avec l'ongle de mon pouce.

— T'as pas fait semblant ! Dis-moi si je te fais mal…

— J'ai connu des sensations plus agréables !

— Mmmmh... Je me doute bien... baragouiné-je en m'évertuant tant bien que mal à pousser l'aiguillon de bois hors de sous la peau de Léandre.

— Cette retraite soi-disant spirituelle ne m'aura rien épargné...

— Ça, mon canard, on en est tous là ! Je crois qu'on a juste réussi à perdre notre fric et notre temps... Enfin, il y a quand même quelques belles personnes... que j'aimerais revoir.

Guettant sa réaction, je relève brièvement les yeux vers son visage, dont je ne distingue pas grand-chose, à contre-jour. Mais je vois malgré tout qu'un timide sourire soulève le coin de sa bouche.

— Du moment qu'on ne me demande pas de garder contact avec Anne... souffle-t-il, goguenard.

Je réprime un rire. Effectivement ! Les lapines aux pieds palmés adeptes (entre autres choses) de sophrologie, très peu pour moi aussi.

— Une jolie rousse, voluptueuse comme ça, ne me dis pas que tu ne...

— Surtout pas ! me coupe-t-il. Tiens, tu sais pas sa dernière ? Je l'ai entendue susurrer à l'oreille de Pascal, pendant qu'elle grillait ses écœurants cornichons pleins de guimauve, que...

— Ah bah je crois que même lui n'en a pas voulu pour batifoler, de l'Anne !

— Attends ! Elle a une théorie sur l'âge des victimes ! Elle aurait eu une vision, à ce qu'elle dit : une histoire de suite numérique avec un nom de vin grec, enfin dans le genre !

— Connais pas...

— La moitié de l'âge de la victime précédente, ou le triple s'il est impair, dans ce goût-là. J'avoue que je n'ai pas tout compris.

— Ah oui, quand même !

— Hum ! Elle est bien perchée... Surtout que Marie-

Ange, qui avait tout entendu aussi, lui a dit que d'après ses sources, les enquêteurs avaient un temps exploré cette piste des âges mais qu'elle ne mène finalement à rien... Mouchée, la grosse nouille !

Je ris. De bon cœur.

— Tu me fais trembler avec tes conneries ! dis-je en reprenant fermement son poignet entre mes doigts.

— Tremble tout ce que tu veux, Daniel, j'ai toute la nuit devant moi...

— Faudra trouver une autre occupation alors, mon canard ! m'exclamé-je en brandissant l'écharde devant nos yeux.

Nous échangeons un regard. Et un sourire. Il est foutrement mignon... mais je ne ferai rien qui pourrait le mettre mal à l'aise !

Et soudain, c'est lui qui se penche vers moi et je sens ses lèvres sur les miennes à peine quelques secondes. Il se recule légèrement, comme étourdi, retenant sa respiration. Son visage est à quelques centimètres du mien. Ses yeux me sondent. Comme s'il cherchait mon approbation. Ou mon refus. Grisé par l'étrange sensation de ses lèvres sur les miennes, c'est moi qui me penche vers lui cette fois. Avec le sentiment de braver l'interdit.

Je sens ses mains chaudes sur mon visage, sur ma barbe. Sa langue sent la bière.

Quelque chose fond en moi...

Maladroitement, mes mains cherchent son corps. Je me risque à caresser son torse à travers le tissu de sa chemise. Il me laisse faire. Ça fait un bail que je n'ai plus touché personne... je me sens gauche ! Mais il ne s'en plaint pas. Et je sens ses doigts glisser de mon visage jusque dans mon cou. Je frémis. C'est bon. C'est très bon ! Et excitant. Mes mains s'affairent autour d'un bouton de sa chemise, fébrilement. Il se raidit. Le geste en suspens, je me recule doucement et cherche à accrocher son regard. Foutue pénombre !

— Je n'ai jamais... souffle-t-il. Enfin, tu es un homme, Daniel, et...

Il s'interrompt, comme perdu. Je souris. Je lui adresse un clin d'œil furtif complice :

— Et si on disait que tu peux m'arrêter quand tu veux, mon canard ?

Il acquiesce, timidement. Mince, je fais vraiment un tel effet ?!

— Même maintenant... le rassuré-je en abandonnant le bouton de sa chemise.

Sa main se saisit de la mienne avant que j'aie vraiment eu le temps de l'éloigner. Ses doigts se mêlent aux miens.

— Non... Pas maintenant... murmure-t-il.

*

Ces satanés lits sont du dernier inconfort. Déjà pour une personne seule, alors à deux... Plus de mon âge, les folies de ce genre dans un bivouac à peine amélioré ! J'en ai chopé une douleur lancinante sous les côtes. Léandre, quant à lui, dort comme un bienheureux, le dos calé contre mon torse. Dans la pénombre, je remonte le drap tant bien que mal sur lui et essaie de bouger mon bras pour soulager ma poitrine. Avec, subitement, l'étrange sensation d'être observé. Claudie ?

Je tourne légèrement la tête vers l'entrée. L'oreiller bruisse. Et tout ce que je vois, d'abord, c'est une grande forme sombre qui se découpe à contre-jour. Je plisse un peu les yeux et discerne une... soutane noire, avec une capuche. Aurais-je picolé plus que de raison, au feu, ce soir ? J'ai un peu la nausée, je le reconnais. Foutue tarte aux pommes au caramel au beurre salé ! Plus de mon âge, des agapes pareilles, le soir !

Le temps que je me redresse, la silhouette a disparu. Nom d'un bénitier fendu !

Ne parvenant pas à mettre la main sur mon boxer dans le fatras de fringues au pied du lit, j'enfile promptement mon jeans comme ça, tant pis, et glisse mes pieds nus dans mes bottes de moto élimées. Je chope une des lampes, souris à la vue du petit emballage de préservatif ouvert à la hâte il y a quelques heures à peine avec Léandre, et pars à la recherche de la soutane. Ou, vanné, de ce que je pris pour une soutane ? Cureton un jour, cureton toujours ?

Peu importe, j'en aurais le cœur net !

Le camp est silencieux. Et la Lune éclaire presque davantage que cette fichue lampe. De loin en loin, comme dans un cache-cache nocturne, je m'efforce de suivre la silhouette noire. Essoufflé, je me jure d'arrêter de e-cloper dès demain. Vraiment plus de mon âge toutes ces fadaises ! Il me semble que mon fuyard se dirige vers la rivière, derrière le talus. Est-ce bien la peine que je continue à le pourchasser ?

Lui aurais-je fait peur ? Pourquoi aurait-il peur d'un vieux bonhomme en sueur, qui peine à le rattraper ?

La douleur dans la poitrine agit comme un étau. Et je

réalise que, même si je l'ai d'abord refoulé inconsciemment, je reconnais à présent très clairement les signes de l'infarctus : pas mon premier.

Merde !

Le bras gauche, le dos... Même la mâchoire me fait mal.

Je trébuche. Lâche la lampe. Et glisse le long du talus. La chute jusqu'au bord de l'eau me paraît à la fois très longue et très rapide. J'ai mal à chaque nouveau heurt, quand ma tête cogne le sol, comme une vulgaire poupée de chiffon. Et l'angoisse m'assaille d'autant plus que c'est la nuit et que j'ai été assez crétin pour quitter la yourte et venir me « perdre » ici à une bonne centaine de mètres du camp à proprement parler.

Mon corps ne bouge plus. Complètement endolori par la dégringolade et le malaise cardiaque qui ne cède pas d'une once. Je crois que je suis à moitié dans l'eau. C'est froid. Atrocement froid ! Heureusement, j'ai chuté près du gué et ma tête est encore dans l'herbe.

Heureusement ou pas, d'ailleurs, car la douleur qui serre ma poitrine est intense. Vraiment intense.

Je pense fugacement à mon gosse, en Islande. Et à l'autre emmerdeuse qui roucoule quelque part dans une yourte.

Et moi, je vais mourir là tout seul comme un con.

J'ouvre de nouveau les yeux au bruit de pas qui s'approchent. Je ne vois que des godillots. Noirs. Et le bas d'une soutane. Noire.

La personne s'accroupit, près de moi.

Et murmure.

Une voix de femme. J'aurais parié que c'était un homme ! Et j'en déduis que c'est la fameuse chauffeuse de taxi coupable de tous ces meurtres, dont le corps n'a pas été retrouvé après l'incendie.

Je n'entends pas bien ce qu'elle dit. Ça résonne. Dans ma tête, ça résonne.

Je cherche son regard mais je ne vois rien qu'une capuche.

— Ça ne devait pas être vous... murmure-t-elle, sa main posée sur ma joue, sur ma barbe.

Je n'ai même pas la force de répondre.

Je ne perçois plus que des bribes de ses paroles...

— Ça ne devait pas être vous... Mais peut-être que le destin en a décidé autrement ? J'étais venue pour cette femme, cette Marie-Ange, qui fricote d'un peu trop près avec les flics...

De quoi me parle-t-elle ? Tout ce que je comprends,

c'est qu'elle est venue pour éliminer une dernière personne. Pour marquer le coup ? Pour assurer ses arrières ?

Ce n'était pas censé être moi. Mais je vais bien faire l'affaire... non ?

Elle reste avec moi le temps que j'en termine avec cette douleur violente qui me terrasse. Et je crois que je lui en suis reconnaissant. De ne pas mourir seul, là, comme une hostie oubliée dans la sacristie.

Avant que je ferme les yeux, je la distingue retirer sa soutane. Elle la pose sur moi. J'ai tellement froid qu'un instant, ça me réchauffe. Dans un ténu regain, détrempé par l'eau glacée de la rivière, je parviens à articuler, péniblement, le nom du village où est mon gosse :

— Húsavík... Bali est à Húsavík...

Il faudra bien que quelqu'un s'en occupe.

Quel con, ce Lao Tseu !

Trois ans plus tard...

19 — BEA

Cette fin d'été ne ressemble à rien. La chaleur paraît s'installer et l'heure suivante, le pull-over est de mise. Quel climat ! Les Parisiens ne savent plus à quel saint se vouer !

Béa est de mauvaise humeur. Tout au moins maussade. Cette journée est aussi curieuse que la météo. De belles nouvelles, des enquêtes qui se terminent comme elle l'avait espéré. Son chef lui a même lâché un « *Félicitations...* ». Accordé du bout de ses lèvres pincées, certes, presque marmonné, voire chuchoté, mais prononcé tout de même. Elle est ensuite sortie du commissariat pour régler une affaire dans le quartier du Marais. L'impression de flotter, aussi légère que sa robe.

Elle a une folle envie de tournoyer sur elle-même et de siffloter, le nez au vent. Faire danser ses tresses au gré d'un courant d'air. Et puis, une affiche retient son attention ; une expo de peintures est annoncée. Le titre de l'événement la laisse, dans un premier temps, dubitative : « Mortelle zénitude ».

— Tu parles d'un nom... murmure-t-elle.

Enfin, la signature de l'artiste la décide pour de bon à s'intéresser à cette exposition. Elle sait ce qu'elle va faire de sa soirée : le vernissage est prévu aujourd'hui à dix-neuf heures.

*

Béa est prête à sortir de chez elle. Elle a gardé sa tenue légère, mais a revêtu une veste, histoire de faire un peu plus classe qu'à l'accoutumée. Juste un foulard à récupérer. Celui couleur vert d'eau avec des petites feuilles bronze. Elle bougonne en ouvrant sa commode. À quatre pattes devant son meuble. Mais où a-t-elle donc pu le ranger ? Il l'attend au fond du dernier tiroir. Roulé en boule. Un rictus de victoire se dessine sur son visage. Elle se relève et déplie le morceau d'étoffe. Quelque chose tombe sur le plancher. Béa le ramasse.

— Ah ? Te voilà ? Je croyais que je m'étais débarrassée de toi. Drôle de coïncidence !

Face à cette poupée rafistolée en tissu bleu, elle plonge trois ans en arrière. Dans cette affaire qui est devenue une sorte de *cold case*. Béa a de fortes présomptions contre la meurtrière, mais rien de tangible. Cette histoire reste une épine dans son pied. Elle avait été à deux doigts de coffrer la dingue. Enfin ! Mais, par un tour de passe-passe, Max avait réussi à se volatiliser. Plus rien. Plus de corps. Pas de preuves. Juste l'intime conviction et une soutane recouvrant l'un des participants à tout ce cirque. En y repensant, elle sent la colère poindre en elle.

— Calme-toi Béjana !

De mieux en mieux… Voilà que son nom haïtien remonte à la surface. Il est maintenant définitivement lié à ces meurtres. Elle avait été rassurée que ce sobriquet ne la suive plus. *Béjana*. Béa soupire. C'est sans aucun doute ce breuvage que Max lui avait fait ingurgiter qui l'avait perturbée alors. Mais peu à peu, les effets s'étaient estompés et ce nom avait cessé de résonner dans sa tête. Béa a beau être athée, elle se souvient d'avoir vu des choses troublantes en Haïti. Des envoûtements ou tout comme. Des événements que la raison ou la science n'expliquent pas. Alors oui, quand Béa avait entendu ce mot qui revenait sans cesse dans son esprit, elle avait eu vraiment peur d'être possédée. Heureusement, tout était rentré dans l'ordre et la réalité s'était imposée à elle : Max l'avait droguée.

Cette histoire est loin maintenant.

Un dernier coup d'œil à l'amulette avant de la glisser automatiquement dans la poche de sa veste. Béa sort de son appartement. Direction Le Marais.

*

La galerie est comble. Les gens discutent par petits groupes, les uns avec une flûte de Champagne à la main, les autres avec des petits fours dans la bouche, certains avec un verre d'eau – gazeuse pour faire plus festif. Très peu semblent s'intéresser réellement à l'œuvre de l'artiste. Béa le cherche des yeux, mais ne le trouve pas. Elle se dit que Léandre doit être accaparé par des personnalités venues se montrer dans une soirée mondaine. *The place to be*. Aucune personne de sa connaissance. Peu importe, elle n'est pas là pour le snobisme. Juste pour l'art. Du moins, tente-t-elle de s'en convaincre.

Béa refuse le verre qu'un serveur lui propose sur un plateau doré. Elle se méfie maintenant des boissons offertes par des inconnus. Elle préfère se concentrer sur les tableaux qui sont accrochés au mur et disposés au centre de la pièce sur des chevalets. Une évidence lui saute aux yeux. Cette expo est la retranscription de ce que le jeune homme a vécu dans le Perche. Des portraits, des abstractions représentant certains ateliers, des cheveux flottant dans de l'eau et une toile rouge. Monochrome. Cette œuvre tranche clairement avec la tendance bariolée, limite psychédélique, ornant les autres peintures. Ce carmin évoque indéniablement le sang des victimes.

Béa admire le trait et la finesse des esquisses. Le visage d'une femme revient souvent. Un regard troublant. Béa la reconnaît. De suite. C'est la même que sur le tableau qui semble être la pièce centrale de l'expo, du moins disposée ainsi par la galeriste.

Un portrait en volume avec des objets collés qui forment un relief. Des couleurs, du tissu… et toujours ce regard impressionnant. Béa se plante devant. Un frisson lui parcourt l'échine. Elle replonge dans cette soirée terrible, le feu, les cris, le néant. Ses yeux se ferment sans qu'elle ne s'en rende compte. Son corps tremble. Elle lutte pour revenir à la réalité, mais ne réussit pas à ouvrir ses paupières.

Elle sursaute lorsque quelqu'un lui parle, elle ne l'a pas entendu arriver.

— Étonnant ce tableau, n'est-ce pas ?

— Quel plaisir de vous voir ce soir Monsieur… euh… attendez que je me souvienne… Hervé ?

— Raté ! Daniel !

— Oh pardon, pourtant j'ai souvent bonne mémoire.

— Bon, OK, je vous l'accorde. My name is Hervieux, Daniel Hervieux !

Béa éclata de rire. Autant du fait que l'hilarité tonitruante de Daniel ne parvient pas à être couverte par le brouhaha des conversations que par la répartie du James Bond improvisé.

— Vous avez toujours votre sens de l'humour. Vraiment ravie de vous voir en si bonne santé !

— Faut le dire vite, il me reste cette jambe qui refuse de m'obéir. Souvenir du soir où j'ai revêtu la soutane pour la dernière fois !

— C'est douloureux ?

— La soutane ? Très ! La jambe, pas vraiment, mais chiatique au possible !

— Voyez le bon côté des choses, la canne vous donne un petit côté dandy !

— C'est ce que je m'efforce de lui faire entrer dans le crâne ! affirme une voix qui n'est pas celle de Daniel.

Béa est surprise de l'attitude du jeune homme qui vient d'arriver. Léandre passe derrière Daniel, laisse son bras autour de la taille de l'ancien prêtre et lui dépose une bise ravageuse sur la commissure des lèvres.

— Je puise mon élixir de jeunesse dans la vigueur de Léo ! se gausse Daniel.

— Je ne sais pas lequel est le plus jeune des deux ! ajoute Léandre. Il vous plaît ?

— Pardon ?

— Le tableau ! Il vous plaît ? Je vous ai vue comme hypnotisée devant.

Béa explique que ce portrait lui avait fait une forte sensation. Elle a été captivée par le regard du personnage et totalement absorbée par l'émotion.

— Vous la reconnaissez ?

— Oui… On n'a pas réussi à prouver quoi que ce soit. Si ça se trouve, je me trompe.

— M'étonnerait bien, enchaîne Daniel, j'ai un vague souvenir de l'avoir vue lorsque mon palpitant a tenté de jouer les filles de l'air. La soutane, c'était elle, j'en mettrais ma jambe raide à couper !

— Vous m'excusez quelques minutes ?

Léandre part saluer une personnalité qui quitte la galerie. Daniel et Béa le suivent du regard.

— Il a de la classe, non ? commente Daniel.

— Oui, je trouve. Vous avez bon goût.

— Lui aussi, s'amuse Daniel.

— C'est sérieux tous les deux ? questionne Béa. Pardon, ça ne me regarde pas. Déformation professionnelle.

— Bah, disons qu'on ne s'est rien promis. C'est du provisoire. J'en profite tant qu'il est là. Je me doute qu'il me brisera le cœur. Un jour. Il est jeune, moi pas. Mais après tout, il m'a sauvé la vie en appelant les secours et en pratiquant un massage cardiaque de la mort lors de ma dernière crise, alors, il a un point d'avance. Je vis au jour le jour. Chacun chez soi. Chacun son pays. Nous nous voyons dès que possible. Ça me va bien le provisoire qui dure. À lui aussi manifestement.

Béa lui sourit. Daniel sort sa cigarette électronique.

— Ça ne vous dérange pas que je tire vite fait dessus ?

— Ce n'est pas interdit dans la galerie ?

— Sans doute ! Mais doit-on vraiment ne faire que ce qui est autorisé ? La société n'aurait jamais avancé si tout le monde respectait à la lettre les lois que des ronds de cuir fomentent dans leurs bureaux dorés !

— Pas entièrement faux. Mais n'abusez pas non plus, je suis flic, je vous rappelle ! s'amuse Béa. Quel parfum ?

— Caramel beurre salé !

— Ça sent bon. Mais en fumée, le beurre salé, c'est juste pour le folklore, non ? Quelle est la différence avec le caramel tout simple ?

— La note salée ! Tout est dans la note salée ! dit Daniel en clignant de l'œil.

Lorsque Léandre revient près d'eux, ils sont tous les deux en contemplation devant le tableau.

Soudain, Béa blêmit. Elle s'approche de l'œuvre. Tout près. Le nez à quelques centimètres, pour ne pas dire millimètres de la toile.

— Où avez-vous trouvé ça ? dit-elle en désignant une sorte de petit bouton doré triangulaire.

— Au Centre, réplique Léandre. Il était dans ma yourte. Je l'ai ramassé par terre à côté du bureau où je déposais mes carnets de croquis. Sans doute un bijou cassé qu'une de nos sympathiques co-stagiaires avait abandonné sur place. J'ai ramené plein de fragments collectés ici et là pour travailler avec. Ce bouton était très symbolique pour moi. Le triangle représente Dieu ou un Maître dans beaucoup de cultures.

Béa recule. Les yeux dans le vague. Un éclair indéchiffrable passe dans son regard. Elle tourne le visage vers les deux hommes.

— Je la tiens !

Béa semble se reconnecter. Elle poursuit en s'adressant à Léandre.

— Je crois savoir qu'un de vos dessins a disparu ?

— Oui, en effet, mais je ne vois pas le rapport avec…

— Au contraire, au contraire…

Béa sort mécaniquement une petite boule de tissus de sa poche. Elle déplie la poupée et la place près du tableau.

— Bingo !

— Nom d'un p'tit Jésus ressuscité !

Sur le front de l'effigie vaudou trône un triangle doré.

Identique à celui du tableau.

— Le poignet ! Je me souviens !

Léandre et Béa regardent Daniel avec étonnement.

— Un tatouage. La personne qui m'a recouvert avec cette maudite soutane avait un tatouage sur le poignet. Un triangle comme ceux-là. Un peu grossier. Mal fait. Comment avais-je pu oublier ce détail ?

— Je vais devoir emporter ce tableau, annonce Béa.

— Ça va être compliqué, explique Léandre. La galeriste m'a informé tout à l'heure qu'il avait été acheté.

— Et puis de toute façon, Max a totalement disparu des écrans radars, non ?

À la demande de Béa, Léandre interpelle la galeriste pour obtenir le nom de l'acquéreur.

— C'est une femme. Elle est venue dès l'ouverture. Elle a fait le tour rapidement et s'est tout de suite décidée pour ce tableau. Ça m'a marqué parce qu'elle ressemble un peu au portrait. Mais avec de longs cheveux blonds et elle avait comme des traces de brûlures sur le visage. Attendez, j'ai ses coordonnées.

Léandre, Daniel et Béa regardent la galeriste fouiller dans son bureau.

— Voici la fiche d'achat. Je dois lui envoyer le tableau…

Voyons… Ah ! Voilà, une adresse sur Paris !

Béa sourit à l'idée de boucler enfin cette affaire. Mais elle se décompose lorsqu'elle y lit sa propre adresse.

— Je ne comprends pas… s'étonne Léandre.

— J'imagine qu'elle a payé en espèce ? questionne Béa.

— En effet.

Béa explique alors que Max lui offre la clef de l'enquête avant de se retirer totalement du jeu.

— Une sorte de chant du cygne ? s'informe le jeune peintre.

— Alléluia ! Vous allez pouvoir passer à autre chose, Béa ! s'exclame Daniel.

— Pas si sûre. Je crains de n'être à jamais hantée par tous ces morts.

L'Inspectrice sait qu'un jour, elle parviendra à mettre la main sur la meurtrière. Il lui faudra du temps, mais elle réussira.

— Vous pensez pouvoir rouvrir l'affaire ? questionne Léandre.

— Non, ça ne sera sans doute pas suffisant pour un juge, mais ça me permet de lever totalement le doute dans mon esprit. Max me nargue. Elle vient de le faire une seconde fois. La première était la soutane sur Daniel. Elle veut sortir du jeu, mais a besoin d'être rattachée à l'histoire. Ça prendra encore du temps. Je pense qu'elle ne commettra plus aucun meurtre. Je l'espère. Mais elle fera tôt ou tard un faux pas. Et je serai là.

— Il faut parfois attendre que le cadavre de son ennemi passe... murmure Léandre.

— Le tout est de trouver la bonne rivière ! s'amuse Daniel. Pas si con, ce Lao Tzu !

FIN

Les chapitres ont été écrits par :

1. Andrea B. CECIL
2. Frédéric ROCCHIA
3. Cyrille AUBEBERT
4. Géraud POMEL
5. Jean-Philippe LUX
6. Céline POULLAIN
7. Barbara G. DERIVIÈRE
8. Marie MEYEL
9. Florence JOUNIAUX
10. Sébastien THEVENY
11. Léonard PELLEN
12. Sophie MANCEL
13. Olivier DELCROIX
14. Éric LE PARC
15. DÉCHÉANCE
16. Arsinoë POH
17. Éric LE PARC
18. Andrea B. CECIL
19. Céline POULLAIN

(Par ordre d'apparition) Daniel, Octave, Léandre et Luc sont des personnages issus d'autres romans précédemment écrits ; retrouvez-les dans :

- Daniel → « Baliverne » de Andrea B. CECIL,

- Octave → (Trilogie Jacques Lucas) « L'évangile selon Jacques Lucas », « Un Temps de Chien » et « Le Neuvième Jour » de Cyrille AUDEBERT,

- Léandre → « Voies off » de Céline POULLAIN,

- Luc → "Je n'ai pas d'attirance pour toi" de Marie MEYEL.

Remerciements

Sans les scribouillard•e•s un peu téméraires qui ont accepté de participer à un projet balbutiant, le roman ne serait évidemment pas : ce sont leurs talents, leurs différences et, le cas échéant, leurs personnages qui donnent vie à l'intrigue.

Merci à eux, donc, qui ont donné de leur temps pour faire avancer Daniel, Léandre, Béa, Max, Léopold et tous les autres...

Merci également pour l'ambiance conviviale et bon enfant dans les coulisses du roman ainsi que pour toutes ces relations inattendues qui lient dorénavant des personnages issus d'univers littéraires parfois tellement différents. (Je pense notamment à Daniel et Léandre, sur qui je n'aurai pas parié plus d'un demi cornichamallow grillé, et à Léopold, que j'espère recroiser au détour d'un autre récit...)

Quant à vous, lecteur•rice•s tout aussi téméraire, n'hésitez pas à continuer à faire vivre l'aventure en partageant votre retour sur votre lecture, en laissant un avis sur le site d'achat et en faisant marcher le bouche-à-oreille : l'Association PLURIEL en a besoin !

Andrea B. CECIL

Composition et mise en pages du broché par Andrea B. CECIL

Corrections par Florence JOUNIAUX et Olivier DELCROIX.

Le dessin de la couverture a été réalisé par Andrea B. CECIL.

Printed in Great Britain
by Amazon

49292759R00106